SEUL AVEC TOUS

Né à Toulouse en 1935, Laurent Terzieff est le fils d'un sculpteur réfugié russe et d'une plasticienne française. Il a fait ses débuts sur scène en 1953 dans *Tous contre tous*, d'Arthur Adamov, et a brillé au théâtre avant d'être repéré par le réalisateur Marcel Carné. Il a joué dans plus d'une soixantaine de films tout en menant une carrière très active au théâtre en tant que comédien et metteur en scène. À partir de 1961, il a dirigé une compagnie portant son nom. Salué par plusieurs récompenses (prix Gérard Philipe, plusieurs Molières, dont celui du meilleur acteur en 2010), il été fait officier de l'ordre national du mérite et commandeur des arts et des lettres. Laurent Terzieff est mort à Paris en 2010.

Marie-Noëlle Tranchant est journaliste et critique de cinéma au *Figaro* depuis 1980.

LAURENT TERZIEFF
Avec Marie-Noëlle Tranchant

Seul avec tous

PRÉFACE DE FABRICE LUCHINI

Presses de la Renaissance

© Presses de la Renaissance, Paris, 2010.
ISBN : 978-2-253-15975-9 – 1re publication LGF

Préface

J'ai eu la chance d'être dirigé par Laurent Terzieff dans *Molly* de Brian Friel, de rencontrer sur mon chemin cet être rare. L'expression qui symbolise le mieux pour moi tout ce que nous avons partagé pendant cette année de travail ensemble, c'est « un compagnonnage lumineux ».

Ma sensation est que Terzieff ne se résume pas.

Il ne se confond pas avec ce mythe que la société a décidé d'investir pour des raisons compliquées : l'homme qui refuse de faire une carrière de star et qui devient cet artisan dévoué du théâtre, jusqu'à l'obsession.

Il se jouait quelque chose de mystérieux dans son acharnement au travail, dans le fait d'être alors infatigable. La vie lui était insupportable sans l'art. Il me faisait penser à cette phrase de Flaubert : « La vie n'est possible que quand on l'escamote. » Chez lui cohabitaient Freud et le Christ, c'est ainsi que je le vois.

Il voulait faire de la vie insupportable une œuvre d'amour.

Laurent n'était pas d'ici, et pourtant il voulait y être. Ce mystique se réclamait de l'existentialisme et martelait cette phrase étonnante : « L'homme n'est que ce qu'il fait. »

Dans l'histoire du théâtre, il se situe dans la filiation du Cartel de Jouvet, Dullin, Baty et Pitoëff, avec en plus l'inspiration de Roger Blin : on place l'auteur au-dessus de tout, le metteur en scène est au service du texte. Il avait un point commun avec Jouvet : son hallucinante recherche intellectuelle. Cette intellectualité pouvait presque être un drame, pour l'un comme pour l'autre. Ils se méfiaient de leur puissance de réflexion parce qu'ils savaient que pour être acteur, il faut garder l'instinct, privilégier l'intuition. Comme dit Louis Jouvet, « pour l'être un peu [intelligent], au théâtre, il faut abdiquer l'intelligence ». Ici, elle est superflue.

Mais quand j'étais avec Laurent, toutes ces considérations s'évanouissaient devant son charme. On ne peut pas imaginer à quel point ce charme agissait. Personne ne pouvait résister à cette présence poétique qui, par son intelligence, par sa voix, par ses yeux, t'entraînait au compagnonnage.

Il entrait dans ce compagnonnage de la courtoisie, de l'amour, de l'exigence. Une exigence parfois délirante ! J'ai le souvenir d'une colère homérique un soir que l'éclairagiste a raté un effet lumière à deux ou trois secondes près. À la fin de la représentation, Laurent s'est mis à hurler, à casser les pots de fleurs dans les loges : « Si tu pilotais un Boeing 747, cette erreur aurait coûté la vie à cinq cents personnes ! Tu dois arriver dans le même état d'esprit que si tu étais responsable de ces vies ! »

Je le revois rire, aussi, et m'interroger sur *Les Femmes savantes*. Lui qui disait ne pas s'intéresser aux classiques envisageait même un spectacle sur des textes de Molière.

J'en reviendrai toujours à la richesse et à la complexité : vraiment, Laurent est impossible à résumer.

L'avoir eu dans sa vie, c'est un remuement fondamental.

Fabrice Luchini

Lettre à Laurent Terzieff

Mon cher Laurent,

Ces pages commencées avec vous, achevées sans vous, pour vous, resteront traversées par votre passage à cette réalité invisible qui vous a si constamment aimanté. Elles sont écrites à la lisière de votre présence et de votre absence sur cette terre. Elles portent votre voix magnifique et son vibrant silence. Souhaitons à ceux qui les liront d'y rencontrer ce mystère vivant qui était pour vous le sens même du théâtre : « La communion du monde visible et du monde invisible. » Et vous précisiez : « Je ne récuse pas la connotation religieuse. »

Pour vos lecteurs, et sous votre regard, je récapitulerai simplement notre démarche. Il existe déjà trois livres sur vous : le beau portrait amical de Claude Mauriac, *Laurent Terzieff*[1], l'étude universitaire très fouillée de Charlette Darmon-Le Pogam, *Laurent Terzieff, aventurier du théâtre*[2], et un entre-

---
1. Stock, 1980.
2. L'Harmattan, 2001.

tien journalistique avec Olivier Schmitt, *Laurent Terzieff*[1].

Celui-ci est d'une autre sorte. Vous l'avez accepté parce que l'esprit de la nouvelle collection « Chemin faisant » – alors en gestation – vous plaisait : non une biographie, mais un itinéraire intérieur, artistique, humain, spirituel. Et parce que le moment vous semblait venu de témoigner et de « réviser un peu votre vie », selon votre expression.

Vous avez accepté aussi, davantage vous l'avez encouragée, l'approche vagabonde et poétique que je vous proposais. L'ouvrage s'est composé au fil de nos entretiens, en écoutant vos paroles, vos silences, en les croisant avec des interviews ou des présentations de spectacles que vous avez écrites, en lisant les auteurs que vous aimiez, d'autres que vous me suggériez sans le vouloir de retrouver – *La Pesanteur et la Grâce* de Simone Weil, qui figure, je l'ai découvert plus tard, dans vos notes de lecture ; *Le Temps scellé* d'Andreï Tarkovski. J'ai rôdé dans vos forêts, écoutant les bruits, humant les odeurs des époques que vous avez traversées, repérant des traces, marchant sur vos brisées.

Nous nous sommes accordés aussi sur la forme de l'ouvrage : plutôt qu'un dialogue, un florilège de souvenirs, de réflexions, d'expériences, une petite « somme d'idées et de rêveries », comme dit Baudelaire, mêlant dans des textes concentrés, organiques, des événements et des rencontres de votre vie, des

---

[1]. Flammarion, 2001.

éléments de votre pensée et de votre travail, les harmoniques de votre sensibilité et de votre ferveur.

Ceux qui vous connaissent bien retrouveront des choses que vous avez souvent dites : au début, je m'en inquiétais un peu, croyant sottement qu'il fallait viser on ne sait quelle « originalité ». J'ai bientôt compris que si vos propos se retrouvaient, se recoupaient, se répétaient, c'était la marque d'une expérience authentique, d'une vérité de plus en plus dense – dans vos notes : « Je cherche la densité » –, d'une fidélité à vous-même dont il ne fallait pas s'écarter. Vous-même m'avez incitée à reprendre vos paroles ici ou là, selon la formulation la plus juste.

Deux articles de *Candide*, des années 1965 et 1966, attestent cette fidélité. Le portrait signé Pierre Marcabru suffirait à introduire ce livre : il en contient déjà toutes les grandes lignes.

Après votre départ, votre famille a bien voulu prolonger la confiance que vous m'aviez faite, en m'ouvrant vos carnets et cahiers de notes. Qu'elle trouve ici ma très vive gratitude.

En lisant ces manuscrits, j'ai mesuré combien votre pensée personnelle se nourrissait des auteurs que vous montiez, et aussi combien elle se fortifiait par la répétition (caractéristique de l'acteur ?), dans des phrases reformulées de page en page. Nombre de réflexions qui sont initialement des explications de texte d'un auteur se retrouvent ensuite naturellement dans vos entretiens comme votre vision personnelle. Cette assimilation intime révèle à la fois ce qui vous portait vers un auteur et ce qu'il vous a apporté. Elle montre, surtout, l'unité qui se réalise de plus en plus entre l'homme et l'artiste, jusqu'à cette plénitude de présence où « notre homme intérieur s'accorde avec notre voix », dit saint Benoît, que vous citez, où le chant et le chanteur se confondent, dit saint Augustin.

Pour ma part, je vous ai écouté avec les mêmes préoccupations qui vous guidaient dans vos mises en scène : le respect du texte – votre parole vivante – et l'attention à sa cohérence interne, à ce qui fait un style, « cette manière unique de sentir le monde » qui vous importait tant.

Comme vous le demandiez à vos acteurs, je me suis rendue attentive aux mots, à la construction des phrases. Par exemple, lorsque vous avez prononcé à plusieurs reprises le mot « humaniste », j'ai voulu savoir ce qu'il signifiait pour vous.

Ou encore : j'ai remarqué une tournure qui revient fréquemment chez vous, qui est « mais pas trop », ou « que je n'entretiens pas », « que je ne cultive pas ». Cette figure que j'appellerai de correction me semble très caractéristique, j'y vois un point d'articulation entre la tendance naturelle et la libre volonté. Entre complaisance et détachement. Entre indulgence et rigueur. C'est l'instant où le cavalier raccourcit les rênes. Elle tempère l'excès slave par la lucidité et la mesure. Comme je vous demandais si c'était là votre part française, j'ai rappelé un mot de Drieu La Rochelle : « Il appartient à la France de donner l'exemple dangereux de la mesure. » Vous avez ri (il est bon de faire entendre votre rire) : « Non ?! Sacré Drieu... »

Dans ma dernière lettre, je vous posais quelques questions que vous avez laissées sans réponse.

« On ne saura jamais ce qu'il y a vraiment dans la tête d'un auteur, il ne sert à rien de le lui faire avouer : il se dérobera toujours et il aura raison », avez-vous écrit dans un cahier de notes à propos de *Love* de Murray Schisgal.

Je vois deux motifs majeurs indiqués « en creux » par vos silences et vos arrêts – frappants dans le livre de Claude Mauriac. Le premier est le pouvoir de la séduction. Vous en disposiez surabondamment, par la beauté physique, le charme magnétique de votre présence, votre voix envoûtante, et vous avez refusé d'en faire un instrument de domination personnelle.

Le second est la tentation de la mort. Je vous écrivais : « Est-il possible de dire jusqu'où vous l'avez éprouvée, et à quels moments, et ce qui vous en a gardé ? Si ce n'est pas possible, je voudrais du moins trouver la manière juste de *ne pas* le dire. » Elle est peut-être contenue dans votre phrase magnifique et énigmatique : « La chose la plus importante est de se trouver une certaine indépendance vis-à-vis de la mort. »

Revenons sur ce « ne pas », la part du non, de l'abstention, de l'abstinence, qui m'a toujours paru chez vous aussi pleine, active, choisie que celle du oui.

Tacite raconte que les Romains lisaient les journaux du temps, les diurnales, « pour savoir ce que Thraseas n'avait pas fait ». Ce que l'honnête Thraseas avait opposé à Néron de souveraine absence. On pourrait de même lire la presse qui vous a suivi depuis votre jeunesse pour savoir ce que Terzieff n'a pas fait, ce qu'il n'a pas concédé à la société du spectacle, à la superficialité, à la mondanité, à la facilité.

En écrivant, une phrase de *Service inutile* me revenait comme pour me donner le ton – même si Montherlant vous est assez étranger. Ne l'ayant pas retrouvée, je la cite telle qu'elle s'est présentée à ma mémoire : « S'il y a quelque chose d'essentiel à l'esprit de la chevalerie, c'est l'acte, pouvant prendre, de ne pas prendre. » Elle reste pour moi ce que Pascal appelait la « pensée de derrière », qui sous-tend un ouvrage.

Je vous situe dans cet esprit de gratuité de service et de don. On ne peut qu'admirer en vous la liberté rare de celui qui ne s'empare pas, ni de lui ni du monde, ni des textes ni des êtres. Qui s'aventure dans le mystère sans jamais le réduire à ses proportions, le retailler à ses mesures.

Cet esprit de non-possession vous gardait haut mais jamais hautain, sauvage mais jamais indifférent, « seul avec tous », le titre vous a plu. La justice vous importait, l'honnêteté vous importait, la souffrance vous importait. Il vous fallait vous colleter avec la peine des hommes. La guerre vous hantait. Les derniers livres que vous avez emportés à l'hôpital étaient *La Peur* de Gabriel Chevallier, récit de la Grande Guerre, et un recueil de textes de Louis Jouvet, qui commence par ses souvenirs des tranchées.

Il manque à ces pages un chapitre essentiel. Nous étions convenus d'aborder en dernier lieu, comme le cœur du cœur, votre rapport à la religion, à la foi, au Christ. Faute d'avoir pu aller avec vous jusqu'à cette « fine pointe de l'âme », j'en indiquerai la direction, en pointillé, pour que ce silence soit une ouverture, non pas une lacune. Dans une interview à Jean-Luc Jeener, comme vous homme de théâtre et croyant, vous dites : « Je suis convaincu que tout ce qui est artistique procède du religieux. »

Vous évoquez Adamov qui souffrait de sentir à l'origine de lui-même une mutilation, une séparation, sans pouvoir nommer ce dont il était séparé. « Autrefois, cela s'appelait Dieu », écrit-il, et vous dites : « J'ai retrouvé ce Nom » (in *Famille chrétienne*, mars 2003).

À Saint-Germain-des-Prés, on voyait glisser dans la pénombre votre haute silhouette, à la fin de la messe du dimanche soir. Lors de vos funérailles, le prêtre a rapporté ce mot d'une paroissienne disant que votre présence l'aidait à prier. Voilà, ce sont juste quelques petits cailloux marquant un chemin dans « les forêts noires » dont parle un vers de Brecht que vous aimiez.

On peut ne pas vous avoir vu souvent sur scène, car le théâtre est éphémère comme la vie, et si l'on n'était pas là pour *La Pensée* ou pour *Une heure avec Rilke*, ces instants ne reviendront pas. Mais votre présence est bien au-delà.

Si le nom de Laurent Terzieff éveille chez tant de gens l'admiration, le respect, l'affection, la gratitude, c'est qu'il n'évoque pas seulement un comédien et un metteur en scène de théâtre au talent exceptionnel.

Je crois que vous représentez pour tous, avec une authenticité, une véracité absolues, la pure figure de l'artiste, qui est l'un des très beaux visages de l'humanité. Il faut vous remercier de vous être donné le mal de vivre, avec douleur, avec ferveur, pour que la beauté et la charité ne soient pas de vains mots.

Je reprends dans votre dernier récital poétique, *Florilège*, ces vers d'Aragon qui mènent si bien vers vous :

> Il est plus facile de mourir
> Que d'aimer
> C'est pourquoi je me donne le mal de vivre
> Mon amour.

Marie-Noëlle TRANCHANT

OUVERTURE

CE MYSTÉRIEUX ET INSOLENT TERZIEFF

Enfin un comédien
qui donne à rêver

Article paru dans *Candide* en 1965

Depuis la mort de Gérard Philipe, on cherche vainement sur le théâtre un jeune comédien qui donne à rêver. Un comédien sensible, mystérieux, vulnérable. Un comédien qui laisse entendre autre chose. Je ne sais quel enthousiasme ou quelle mélancolie. Un comédien qui ait un peu d'âme. Terzieff est peut-être celui-là.

De la jeunesse, il a l'emportement franc, l'entêtement téméraire, et sans cette nigauderie insolente qui brise les plus beaux élans. Il ne se veut pas jeune, il se sent jeune. Ce n'est pas un état, c'est une vocation.

De là, une liberté d'humeur, une certaine brusquerie du geste, une manière de balayer les « à quoi bon », qui faisaient merveilles dans *Nicomède*. Corneille aime ces caractères-là. Non pas d'une seule pièce, mais d'une seule passion.

Rôles choisis avec bonheur

Que la passion de Terzieff soit celle du théâtre, et du théâtre difficile (j'entends par là un théâtre qui exige autant du public que des acteurs), tous ses rôles en témoignent. Rôles non pas imposés, mais choisis, et choisis avec bonheur.

Claudel, Corneille ou Albee, Laurent Terzieff va vers ce qui lui plaît, et même si ce qui lui plaît ne plaît pas à tout le monde. C'est un signe de bonne race. On ne transige pas. On a d'imprudentes tendresses.

Une telle attitude, lorsqu'elle est discrète, ne place pas en pleine lumière. Terzieff fut, pendant longtemps, un comédien confidentiel. De ceux qui trouvent des amis avant que de trouver des admirateurs. On allait le voir, dans *L'Échange*, par exemple, pour la générosité spontanée et sauvage avec laquelle il traitait l'éloquence claudélienne, éloquence qui ne fut jamais mieux servie, sauf, peut-être, par Alain Cuny dans *Tête d'Or*.

Mais ce n'est pas avec Claudel que l'on attrape des alouettes. Terzieff fit du cinéma pour continuer à pouvoir faire du théâtre. Ce fut, malheureusement, le cinéma de Claude Autant-Lara, c'est-à-dire du cinéma épais, bavard, insistant, et qui n'offrait au comédien aucun tremplin pour son humeur.

Terzieff a besoin de la rampe, et de ses feux, pour nous atteindre. C'est comme une barrière que l'on saute. Une lutte physique. Un effort des muscles. Le poids d'une présence charnelle.

Le cinéma ne réclame pas cette tension. Le cinéma est à plat. Le théâtre est en relief. Terzieff ne s'affirme qu'en trois dimensions. Il lui faut prendre le temps d'être lui-même. D'aller au-delà des apparences. De jouer avec l'espace.

Il ne suffit plus d'être beau, on doit encore trouver un alibi à cette beauté. Cet alibi, c'est le théâtre qui le donne. Non seulement il faut être là, tous les soirs que Dieu fait, mais il faut aussi comprendre ce que l'on dit. La caméra ne sert plus d'interprète.

On a dit de Terzieff qu'il était un acteur intellectuel. C'est surtout un acteur réfléchi. L'admirable est que cette réflexion ne brise point l'instinct. Il y a quelque chose d'animal dans sa démarche. Il a des colères et des revirements de bête blessée. D'où une extrême souplesse dans la tragédie.

À certains instants, on le sent capable de tout, et même d'une grâce féline. Cette tendresse menaçante a des charmes ronronnants qui trouvent leur juste emploi dans le *Zoo Story* d'Albee. Qu'il en fasse un peu trop, et l'enchantement tournerait court. L'humour est là pour y mettre bon ordre.

Terzieff s'amuse avec ses personnages. Il laisse en tout être la part de comédie, et même si la comédie est mortelle. De là quelque chose d'indéfinissable, et, pour tout dire, d'incertain, dans son comportement. Un pas de plus, il serait inquiétant. On ne sait où il nous mène. Et le sourire n'est pas toujours rassurant.

Le dernier dilettante

Cette ambiguïté, qu'accentue une vie volontairement masquée, ne plaide pas en sa faveur. La popularité exige des attitudes claires, une vie de parade, des aveux claironnés. Terzieff est un homme qui ne s'avoue pas. Un comédien secret. Un comédien qui sort de l'ombre, un instant, puis disparaît sans qu'on puisse le suivre, sans qu'il daigne nous dire où il porte ses pas.

Il n'est pas question de vie privée. D'autres acteurs ont une vie privée. Il est question d'une certaine fierté qui frise l'insolence. Terzieff est un homme libre. C'est ce qu'on ne lui pardonne pas.

Quel que soit son succès, on sent comme une réticence. Le grand public garde ses distances. L'observe de loin. Se méfie. Il s'en faut d'un rien pour qu'on le prenne pour un amateur. Ce qui est la pire insulte, le crime abominable. Un homme qui travaille pour lui, non pas pour les autres, encore moins pour de l'argent, mais simplement parce qu'il aime ce qu'il fait, et qu'il est heureux, et que son bonheur n'en demande pas plus.

Et c'est bien ainsi qu'il faut prendre Terzieff. Comme un amateur (dans le sens le plus noble du terme), un homme aux goûts vifs, et qui fait du théâtre son divertissement. Le mot divertissement déplaît. Je n'en vois point d'autre. Terzieff joue d'abord pour son plaisir, ensuite pour ses amis, enfin pour son public. C'est le dernier dilettante du théâtre.

Pierre MARCABRU

L'honneur de jouer avec Terzieff

Article paru dans *Candide*
le 22 août 1966 avec trois photos

C'est une simple rencontre professionnelle, un grain de sable comparé au fulgurant mariage de Mme Gunther Sachs. Cependant, Brigitte Bardot a attendu bien plus longtemps Laurent Terzieff, son nouveau partenaire d'*À cœur joie*, que son nouveau mari.

Au temps de *Viva Maria!* déjà, Louis Malle avait téléphoné du Mexique une dernière fois à Laurent Terzieff pour le décider à être le partenaire de ses deux monstres sacrés. Et Terzieff, paisiblement, avait répondu : « Impossible, je joue au théâtre de Lutèce. »

En acceptant *À cœur joie*, Bardot a une fois de plus réclamé Laurent Terzieff à son metteur en scène.

Marylin Monroe elle-même, en 1961, à l'issue d'une projection de *Kapo* de Gilles Pontecorvo à l'Actor's Studio, avait arraché une page de son agenda pour écrire : « Cher Laurent Terzieff, vous êtes un extraordinaire acteur. Ce que vous faites dans *Kapo* est merveilleux. J'espère travailler un jour avec vous ! »

Pourquoi Laurent Terzieff ? Peut-être parce que, pour une actrice, couchée sur champs de gloire et de millions, ce jeune homme étrange, discret et fugitif, est un peu comme une Légion d'honneur.

Les producteurs en sont les premiers surpris. Depuis huit ans, depuis sa révélation dans *Les Tricheurs*, ce jeune loup indifférent au cinéma et passionné par le théâtre n'a cessé de leur filer entre les doigts. Ce n'est pas qu'il n'ait pas tourné. Il a fait plus de quinze films [...]. Mais il les a faits par mégarde, en choisissant les sujets plus selon ses goûts que pour leur avenir commercial.

Pour une fois, c'est le théâtre qui aura imposé un acteur, même pas le boulevard. Le théâtre le plus difficile [...]. Rien de ce qui fait, en principe, rêver les jeunes gens en quête de héros.

C'est pourtant là qu'ils ont découvert la carrure athlétique et féline de Laurent Terzieff, l'éclat magnétique d'un regard très bleu, l'étrange tendresse juvénile d'un sourire, quelque chose de vulnérable, de secret et de fascinant et de passionné qu'ils n'avaient plus connu depuis Gérard Philipe. Un héros plus moderne finalement, et plus proche de la nouvelle génération que tous ceux que le cinéma leur offre depuis cinq ans.

C'est pour cela que la rencontre est peut-être, sur le plan cinématographique, plus importante qu'elle ne le paraît.

Lui attend simplement dans l'ombre que cesse la farandole conjugale de sa future partenaire et que commence le film.

On le trouve indifféremment chez lui ou chez sa voisine et compagne de théâtre, Pascale de Boysson, rue du Dragon. Il y a des lampes de cuivre, des meubles de province, des valises ouvertes, des écharpes jetées en travers des fauteuils et des canaris qui chantent dans une cage romantique. On s'y sent étrangement à l'aise.

Il pose la bouteille de whisky sur un tabouret ancien, à côté d'un paquet de Gitanes. Son visage devient attentif. Un complet de lin ardoise, une chemise blanche, une cravate sombre à petites tâches effacent presque l'image d'un adolescent en blue-jeans qui hantait, il y a quinze ans, les restaurants grecs de Saint-Séverin. Mais c'est bien le même regard et sous les hautes pommettes kalmoukes, les mêmes courbes enfantines de la mâchoire.

Sa voix est grave, avec des vibrations de métal. Un mot qu'il cherche parfois ou sur lequel il bute accentue son air de sincérité.

« Bien sûr, je suis heureux de tourner *À cœur joie*[1], d'autant plus que Serge Bourguignon m'offre un personnage qui s'exprime avec humour. Au cinéma, ça ne m'était jamais arrivé. »

Il s'arrête, cherche une phrase quelques secondes, puis brusquement secoue la tête :

---

1. Voir p. 80 ce qu'il en dira en 2010... *(N.d.E.)*

« J'ai tort d'anticiper. Au cinéma, on ne peut jamais savoir ce qui va naître. Il y a la cuisine du découpage, du mixage, du montage. C'est à tel point que, spectateur, je suis rarement pris par un film. Je vois les raccords. L'émotion m'échappe. Tout de même, il y a quelques exceptions comme *La guerre est finie*[1]. Je suis aussi de ceux qui aiment *La Curée* de Vadim. C'est un film d'un esthétisme calculé, concerté, sans rien de gratuit.

« C'est ce que j'aime dans une œuvre. Comique ou tragique, je lui demande de poser une question. Il ne m'est pas nécessaire qu'elle soit "engagée", du moins au sens étroit que l'on donne à ce mot, mais "un art accompli doit être toujours d'une extrême tension entre le oui et le non". C'est Julien Gracq qui dit ça. […] »

Il fait quelques pas dans la pièce. Souple et hâlé, il a dans le visage comme dans les muscles une force sereine, un bonheur. Son regard se fait limpide.

« Malgré mon âge – je viens d'avoir trente-deux ans – il me semble que je me rattache à la génération de l'immédiat après-guerre, celle qui après le cataclysme voulait refaire le monde. La belle époque de Saint-Germain. Le romantisme y consistait avant tout à "tuer son père". Alors moi qui avais des parents compréhensifs, j'ai appris à vivre seul dès l'âge de dix-sept ans. »

Le miracle, c'est que les parents de Laurent Terzieff – un père russe et sculpteur, une mère française,

---

1. Film d'Alain Resnais sorti en 1966. *(N.d.E.)*

peintre et musicienne – aient accepté cette indépendance sans pour autant cesser de s'intéresser à lui, en évitant de le heurter. Qu'il ait trois sœurs et un frère rendait sans doute les choses plus faciles.

« Je rentrais à la maison comme à l'hôtel. Les camarades de théâtre : Roger Blin, Jean-Marie Serreau, Michel Vitold, un peu plus tard Pascale de Boysson, et les autres qui sont toujours mes amis composaient mon univers. Maintenant je comprends ce que mes parents ont mis de délicatesse dans leur effacement et combien en fait ils restaient attentifs. Mais alors il me convenait de me sentir libre. Je disposais de moi-même. Je menais une vie d'adulte. Le théâtre me paraissait la chose la plus importante du monde où je vivais. J'y trouvais imagination, poésie, indépendance. »

[...]

Il secoue la tête, fronce le nez et une moue railleuse étire sa lèvre inférieure :

« Par exemple, je ne crois guère à l'éducation par le théâtre. Non plus qu'à l'idée de théâtre de communion et aux fraternisations avec les spectateurs. La cérémonie du théâtre exige quelque abstraction. Pour moi, le public ne doit pas prendre un visage trop précis. Quand je sais qu'un de mes amis est dans la salle, je suis mal à l'aise et sa présence pèse sur mon jeu. [...]

« Ce qui m'enchante pour l'instant, c'est que je vais retrouver Londres. J'aime Londres. C'est une bonne ville pour se promener sans fin en se sentant un peu paumé. »

Son regard est transparent sauf quand on lui parle de son intransigeance :

« Mon intransigeance ? C'est simplement une certaine réflexion vis-à-vis de la mort. Il y a des gens qui la refusent. Ils s'en défendent par exemple en achetant des choses à manger et je pense aux agapes qui suivent parfois les enterrements. Il y a ceux qui oublient et enfin la race des traumatisés qui sentent l'échéance et veulent s'illustrer pour que leur mort soit, comme dit Rilke, "un beau fruit".

« Moi, aussi loin que je remonte dans mon enfance, je retrouve ce sentiment de la réalité de la mort. Je n'avais pourtant perdu aucun être cher. Il m'est impossible d'avoir le souvenir d'un choc qui serait à l'origine de cet état d'esprit mais il ne m'a jamais quitté. Et il y a un vers de Brecht dont je n'arrive pas à me défaire :

« "Je garderai en moi le froid des forêts noires." »

Sylvie SERLIAC

Laurent Terzieff, de profil...

On peut regarder Laurent Terzieff sous tous les angles. Malgré les yeux très clairs et le regard tout droit, il a toujours l'air d'être de profil. Il est tout en angles, mais avec une extrême douceur.

Il n'a jamais pensé à « faire carrière », si faire carrière c'est se montrer, suivre les ornières d'un char, accumuler les rentes de la célébrité et rouler pour soi.

Laurent Terzieff avait mieux à faire, et il l'a fait : une vie dans, par et pour le théâtre. S'il a un public qui le suit comme on suit un ami, c'est parce qu'on a l'impression avec lui que chaque pièce choisie par lui, chaque rôle épousé, chaque mise en scène décidée, chaque film voulu n'ont jamais été les hasards de la route, mais toujours le choix de celui qui avance. Comme si Laurent chaque fois se demandait : « Que va m'apprendre cette expérience ? »

De là, chez cet artiste parvenu pourtant à sa maturité d'homme, cet air de perpétuel adolescent, chat maigre interrogateur, éternel étudiant. Si on me demande à quelle faculté est inscrit Laurent Terzieff, quel est le programme qu'il étudie, je répondrai : le sens de la vie. Cela donne à toutes ses entreprises, qu'elles soient graves ou gaies, humour ou tragédie, drame ou ironie, leurs caractères tout à fait nécessaires et modestement sérieux.

Il joue, certes. Il joue des rôles, joue des pièces. Mais il joue avec gravité, pour essayer de comprendre mieux. Quand il entre dans une pièce ou monte sur un plateau, on sait qu'il va poser les vraies questions. Ce sont peut-être d'ailleurs celles auxquelles il n'y a pas de réponse, en tout cas pas de réponses toutes faites. Mais Laurent Terzieff les pose avec nous, avec tant de sincérité, de simplicité et de force qu'on se sent déjà mieux, en compagnie d'un artiste, d'un frère.

Claude ROY

FLORILÈGE

... que ce paysage soit le lieu du poème où l'on pourra se promener en toute liberté, choisissant soi-même ses chemins, quitte à les tracer...
... quitte aussi à s'y perdre.

L. T.

Enfance

Tout petit, je faisais exprès de perdre ma mère, sur le marché. L'enfant est multipervers, c'est connu ! Cela provoquait des larmes, des exclamations, de l'intérêt : tout un psychodrame. Il arrivait quelque chose. Est-ce cela que je cherchais ? Était-ce ma première mise en scène ?

Beaucoup de gens n'ont pas envie de devenir adultes (Pascale de Boysson[1] était ainsi, elle ne souhaitait pas grandir). Une part de moi va dans ce sens, mais je ne l'ai pas écoutée trop. J'écoutais mes aînés, et ils me donnaient envie d'être adulte, d'avoir leur âge, leur force. D'être dans l'action, sans doute. De ne pas attendre pour vivre. Je demeure un existentiel basique : je crois qu'on est ce qu'on fait. « Être, c'est créer et non recevoir sa vie », dit Milosz[2].

---

[1]. Pascale de Boysson (1922-2002), comédienne, fut la compagne de Laurent Terzieff à la ville comme à la scène depuis leur rencontre en 1961.

[2]. Lorsque Laurent Terzieff évoquait « Milosz », il s'agissait toujours du poète Oscar Venceslas de Lubicz-Milosz, et non de son cousin polonais Czeslaw Milosz (prix Nobel de littérature).

Je m'amusais, en 68, de ces proclamations de liberté par des héritiers de Freud convaincus par ailleurs qu'on est surchargé de déterminismes inconscients depuis la petite enfance… Bien sûr, l'enfance nourrit toute la vie, mais il ne faut pas s'y complaire – je me méfie beaucoup du passéisme. Et je ne suis pas enclin à m'analyser. Je l'aurais été davantage sans doute si j'avais eu des enfants. Je n'en ai pas, je le regrette. Ce doit être une chose merveilleuse de voir un petit être s'éveiller au monde. Je crois que ce qu'il faut garder de l'enfance, c'est la découverte de la saveur des choses.

Peut-être parce que, né en 1935, j'appartiens à une génération qui s'est ouverte à la vie dans une historicité angoissante, je me suis vite rattaché à la génération plus romantique, plus héroïque, qui avait pris part à la guerre, à la Résistance, qui voulait reconstruire un monde nouveau sur les ruines, avec un esprit tonique (et idéologique). Les petits comme moi n'ont pu que subir la précarité, le danger, les rumeurs, l'exode, les bombardements. Tout un monde de sensations assez traumatisantes.

Je me revois dans les Pyrénées en promenade avec ma grand-mère. On cueille des fleurs et on entend le bruit du canon. Cette présence de la guerre… Je me vois au balcon de notre appartement de Toulouse, au 50 rue d'Alsace. Juste avant la guerre, nous avions connu une période socialement faste. Mon père bénéficiait de l'hospitalité de sa belle-famille bourgeoise, nous vivions dans ce grand appartement, près de l'agence Havas. J'ai cette image de l'armistice : un jeune homme blond d'une vingtaine d'années, qui pleure en lisant les dépêches de l'agence Havas. Puis les images violentes des combats de la Libération (Toulouse est la seule ville importante qui se soit libérée seule), de l'épuration. Un type traîné par les pieds, sans doute un milicien. Beaucoup de miliciens, beaucoup de résistants. Un chaos d'exode. Une terreur de guerre civile...

Entre ces deux moments, nous sommes venus à Paris, de 1940 à l'été 43. Pour un artiste russe comme mon père, qui avait émigré très jeune, Paris représentait une sorte de fantasme, et le but à atteindre : on ne pouvait être artiste que là. Il n'avait pas quitté la Russie pour la France, mais pour Paris. Il a donc choisi Paris, et la misère. Personne ne savait quand cela finirait. On a oublié cela : à l'époque, on pensait que l'Europe allait être nazie pour un siècle. À Vierzon, j'ai vu pour la première fois des soldats allemands, et ma réaction immédiate d'enfant de cinq ans a été : « Ce qu'ils sont beaux ! » On m'a vite fait taire. Par la suite, comme nous habitions près de la piscine Blomet, je voyais des groupes d'Allemands s'y rendre au pas de l'oie, en chantant. J'étais impressionné, un peu effrayé, mais je trouvais que ça avait de la gueule.

Pour nous, la vie était très dure, à sept dans un atelier où chacun essayait de défendre son petit territoire. Mon père ne pouvait pas faire de résistance, il était trop repérable avec son accent à couper au couteau, mais nous écoutions Radio-Londres. Et mes parents parlaient, contrairement aux résistants engagés qui, eux, se taisaient, observant une neutralité presque schizophrénique (Vercors l'a très bien décrite). J'entendais parler de familles juives qu'on séparait, qui disparaissaient. On ne peut pas dire qu'on ne savait pas, puisque même un bambin comme moi savait. Un détail m'a beaucoup frappé : les parents mettaient des signes de reconnaissance à leurs enfants pour les retrouver plus tard. J'en faisais des cauchemars.

L'hiver 41 a été le pire, parce que le réseau de distribution français était détruit et que les Allemands n'avaient pas eu le temps d'en organiser un autre. On a vraiment connu la disette. Des scènes de mélodrame, au retour de l'école, où ma mère nous attendait, désolée : « Je n'ai rien à vous donner à manger, mes enfants. » Ma mère, qui était une femme extraordinaire, passait son temps à faire la queue pour trouver un peu de nourriture et s'entendait dire : « Il ne faut pas avoir d'enfants, madame ! » Mais quand elle n'avait pas pu utiliser les tickets d'alimentation, elle les déchirait, avec son jansénisme redoutable. D'autres les aurait revendus. Mais pour elle, pas question d'en faire trafic.

Il y avait la faim, mais le froid, aussi. Pendant l'hiver 41, on grelottait, dans cet atelier à grande verrière, très haut de plafond. Mon père a eu l'idée de mettre un poêle, ventru comme un petit cochon, mais comment évacuer la fumée ? Il a trouvé le moyen de faire passer des mètres de tuyaux, qui faisaient des coudes à n'en plus finir, jusqu'à la lucarne de la salle de bains rudimentaire située dans la loggia. Tout le monde lui a dit que c'était de la folie, qu'on allait se faire arrêter. Mais bientôt les voisins l'ont imité. La fumée sortait, mais des tuyaux suintait une espèce de liquide maronnasse qui gouttait sur mes livres d'école. J'en ai retrouvé, plus tard, maculés de taches brunes. On avait droit à quelques boulets de charbon, mais c'était très insuffisant. Alors nous allions, à la nuit tombée, voler des pavés en bois dans les terrains vagues : c'était l'époque où on enlevait le pavage ancien des rues.

Toutes ces visions, ces sensations un peu traumatisantes ont fait de nous, me semble-t-il, une génération frileuse, repliée, planquée, comme des gens qui ont reçu des coups et qui font attention. Cela ne me plaisait pas trop. C'est pourquoi je préférais regarder mes aînés. Ma sœur aînée, surtout, qui avait trois ans de plus que moi, et qui était comme un grand frère. Elle m'entraînait dans des choses au-dessus de mon âge, au spectacle par exemple. Un jour, plus tard, elle s'est défenestrée.

À l'école communale, puis au lycée Buffon, mes camarades me trouvaient assez étrange, et les enfants n'aiment pas se sentir étranges, étrangers. Je me défendais avec les poings. J'ai vite acquis un certain prestige, parce que j'étais un peu plus costaud et bagarreur que les autres.

J'avais une autre source de prestige : je racontais que des femmes nues venaient poser pour mon père, du coup ils voulaient tous venir faire leurs devoirs chez moi. Mais à part cela, le fait d'appartenir à une famille d'artistes ne m'a pas particulièrement marqué : c'était ainsi, simplement. J'ai lu quelque part chez Hegel qu'un enfant doit choisir un métier aux antipodes de celui de son père. En tout cas je sentais le besoin d'échapper à ce que lui et ses amis avaient d'enfantin, et qui m'agaçait parfois.

Qui a dit, Dumas fils, je crois : « Mon père est un enfant que j'ai eu très jeune. » Par réaction sans doute, j'avais encore plus hâte de devenir adulte. Non, décidément, je ne suis pas à la poursuite de mon enfance, ce temps éprouvant, et je pourrais même reprendre l'antienne célèbre : « Je ne laisserai dire à personne que c'est le plus bel âge de la vie[1]. »

Ma mère contrastait fortement avec mon père. Comme lui elle était élégante et belle, et artiste, mais, à l'opposé de son laisser-aller oriental, elle était d'une rigueur morale intraitable – elle venait du pays cathare et d'une famille protestante... Elle m'en a sans doute transmis quelque chose, mais je tiens d'elle, surtout, l'amour de la poésie, et de la langue française.

Personne dans ma famille ne faisait de théâtre, mais personne ne s'est opposé à ce que j'en fasse. Au contraire, ma mère a été d'un soutien constant. Et ma vie a vraiment commencé à quinze ans, avec la découverte du théâtre. Après, c'est le bonheur !

Enfant, ma vie affective était très cyclothymique. À certains moments je détestais l'existence, à d'autres je la trouvais merveilleuse. Il y avait toujours cette extrême tension entre le monde du oui et celui du

---

[1]. « J'avais vingt ans. Je ne laisserai personne dire que c'est le plus bel âge de la vie », in *Aden Arabie*, de Paul Nizan.

non, entre l'éblouissement et le dégoût. Au lycée, je tenais de grands discours sur le désespoir, aux dires de mon camarade Burgelin, qui sera plus tard le premier magistrat de France. Parmi mes condisciples, il y avait aussi Robrieux, communiste militant qui deviendra un historien à charge du PC, Jean-Marie Villégier, mon grand copain, que les autres trouvaient un peu chochotte parce qu'il était brillant et se mettait toujours au premier rang. J'aimais son intelligence, même si – tout en étant très bon en lettres – je préférais le fond de la classe. J'étais aussi copain avec Cohn, le demi-frère de Cohn-Bendit qui était tout gamin : on lui faisait traverser la rue – c'était l'époque où les aînés s'occupaient des petits.

Donc, je faisais l'apologie du suicide... D'autres désespèrent Billancourt, moi, je désespérais Buffon !

Et puis, à quinze ans, j'ai participé au festival de la jeunesse de la Lorelei, où j'ai rencontré Adamov, Jean Vilar, Gérard Philipe. Voilà qu'une fenêtre s'ouvrait tout à coup. L'adolescent suicidaire que j'étais avait envie de vivre.

J'ai joué ma première pièce à dix-sept ans dans des conditions très professionnelles : *Tous contre tous* d'Adamov, mis en scène par Jean-Marie Serreau. L'odeur de colle et de moisi des coulisses du théâtre de Babylone, royaume de Jean-Marie, resté ma madeleine de Proust. À partir de là, j'étais dans le métier. Je participais à la vie du théâtre comme régisseur ou machiniste bénévole. Je me suis formé sur le tas. N'ayant pas suivi de cours d'art dramatique, je compensais mon manque de technique en travaillant d'arrache-pied.

Je suis donc devenu adulte jeune, comme je le désirais, et je crois que c'est une chance. Il faut se hâter de vivre, surtout dans ce métier d'acteur qui demande une forme d'athlétisme. Je pense que c'est à la fin de la puberté qu'on est le mieux à même de l'acquérir. Si on attend vingt-deux, vingt-trois ans, on a fait des études, on a des réflexes mentaux, psychiques, qui sont le contraire de ce qui convient au métier. Beaucoup de gens aujourd'hui n'ont encore rien fait à vingt-cinq ans, et beaucoup voudraient s'arrêter à cinquante : ça fait des vies très courtes !

Vacances

Dieu sait si je suis un homme des villes, du macadam. Mais à l'origine de mon univers poétique, il y a la nature. Les grands étés du Midi, écrasés de soleil, tout bruissant d'insectes, que nous avons retrouvés, à partir de 1943. La famille de ma mère avait acheté, du côté de Lavaur, une maison dite « le château », jouxtée par une ferme. Aller voir les lapins, c'est merveilleux pour un enfant. Nous vivions comme des sauvages, mon frère et moi. J'adorais grimper dans les arbres. Les couper aussi. Ce n'est pas contradictoire. Je me serais bien vu bûcheron. Quand on aime la solitude, vivre dans les arbres – des journées entières dans les arbres... – fait savourer le plaisir de la cachette. Et là-bas, les parents qui s'inquiètent : « Où sont les enfants ? »

Il y avait une ou deux bicyclettes, qu'on se disputait, évidemment. Descendre les pentes en roue libre, quelle griserie ! Quelquefois, quand ma mère me donnait un peu d'argent, je partais à vélo pour Toulouse – vingt-cinq kilomètres, quand même – j'allais à la piscine, au cinéma, et je rentrais le soir. On s'ennuie un peu à la campagne, alors je me donnais des vacances dans les vacances. À douze ans, j'écrivais des poèmes, aussi.

J'ai gardé dans l'oreille les sonorités de la nature. J'aurais voulu enregistrer les bruissements d'insectes aux heures chaudes, les apprivoiser sur une bande magnétique et me les passer l'hiver, dans ma maison parisienne.

Mais on a d'autres sensations, en ville, et je ne pourrais pas me passer de la liberté que donne cette indifférence intense des grandes villes. Et comme les acteurs sont des travailleurs de nuit, la poésie de la ville est liée pour moi à celle de la nuit, inquiétante et fascinante. La nuit, c'est curieux, des dissonances de la vie peuvent se résoudre en harmonie, trouver, comme dans la musique, leur développement et leur résolution.

Et puis, dans la nuit, la boîte noire du théâtre, qui ressemble au fond de l'œil sur lequel apparaissent les images.

Romantisme

Il est passé sur le paysage dévasté de l'Europe au lendemain de la guerre un grand souffle lyrique, un désir immense de reconstruire ce monde en ruines. Après la guerre de 14-18, l'inconscient collectif était profondément dépressif, marqué par un refus de l'Histoire qui a entraîné des mouvements aussi extrêmes que le dadaïsme et le surréalisme. En 1945, même si les camps nazis avaient rivalisé en horreur avec la boucherie de 14, ceux qui avaient participé très jeunes à la Résistance et à la Libération étaient portés par un élan formidable, la soif de bâtir une vie nouvelle sur les décombres. C'était un sentiment très romantique, un romantisme de l'action, politique, idéologique.

Je me suis raccordé à la génération de mes aînés immédiats à cause de cette énergie exaltante, que j'ai vraiment ressentie en participant au festival de la jeunesse de la Lorelei, au bord du Rhin, en 1951. On avait créé cette manifestation pour faire pièce au festival mondial de la jeunesse lancé par les communistes, à Berlin-Est. Les jeunes fréquentaient d'ailleurs les deux, sans états d'âme. Jean Rouvet, qui allait être nommé administrateur du TNP de Jean Vilar, coiffait toute l'organisation de la Lorelei. Vilar est passé avec Gérard Philipe, idole de l'époque, le temps d'une représentation du *Cid*. Il a vu les qualités d'organisateur de Rouvet. De fait, au TNP, c'est Rouvet qui a eu l'idée d'aller dans les comités d'entreprise, les associations populaires. Il a inauguré un autre rapport au public.

C'est à la Lorelei, aussi, que j'ai rencontré Arthur Adamov et son errance tourmentée. Il éprouvait une mutilation de l'être, il souffrait d'une séparation originelle. « Et ce dont je suis séparé, je ne puis pas le nommer. Autrefois, cela s'appelait Dieu », a-t-il écrit dans *L'Aveu*. Je me suis reconnu en lui. La tension qu'il exprime entre l'éblouissement et l'effarement d'être, rejoignait mon expérience intime. Je ressentais fortement la futilité, l'inanité de tout ce qu'on pouvait faire. Mais en même temps, je savais qu'il fallait agir.

Adamov sera le premier auteur que j'ai interprété, avec sa pièce *Tous contre tous*. J'avais d'abord un petit rôle, qu'il avait écrit pour moi. Le seul personnage sympathique, qui tenait en quatre répliques ! Mais le hasard a fait que j'ai dû assurer des remplacements, et je me suis retrouvé avec le premier rôle.

Ces hommes magnifiques m'ont ouvert des horizons inconnus.

C'est le moment où je suis devenu adulte parce que je participais à une histoire en train de se faire.

Slave ?

Sans doute n'est-ce pas un hasard si j'ai fait mes débuts de metteur en scène, à vingt-six ans, en montant une pièce russe, *La Pensée* de Leonid Andreïev. Drame très sombre, violemment tourmenté, où je retrouvais à la fois une fêlure intime et ma vénération pour Dostoïevski. À travers son héros pris au piège de la folie qu'il simulait, Andreïev exprimait au théâtre la démesure dostoïevskienne, il donnait la même impression de toucher le mystère de l'existence. C'était la même fièvre.

S'il y a quelque chose de slave en moi, c'est peut-être un besoin de vertige, de provoquer l'infini, un sens de la démesure – mais que je n'entretiens pas. J'entretiens en revanche ce rapport typiquement russe aux idées, qui postule une dimension autre que la rationalité.

Dans *Les Possédés*, Dostoïevski dit : « Vous avez senti l'idée. » C'est difficilement explicable, mais je me reconnais dans cette phrase. Une idée que je ne sens pas n'est pas une idée, pour moi. Même les théorèmes mathématiques, j'aurais voulu les sentir – résultat, j'étais nul !

Je suis attiré par la philosophie, mais pas une philosophie du concept. « Le concept n'est que le résidu d'une métaphore », dit Nietzsche. Je serais très fier d'avoir trouvé cela ! J'aime beaucoup quelqu'un comme Clément Rosset, qui n'a rien de conceptuel. Mais mes philosophes préférés sont Chestov et Berdiaeff. Chestov est l'homme du doute, et il a écrit des pages superbes sur Dostoïevski. Le monde de Berdiaeff est plus structuré. Mais il a très bien théorisé l'idée dostoïevskienne que l'homme est foncièrement irrationnel. Étranger aux chiffres. Il existe une ivresse mathématique, parce que les chiffres font parler les lois de la nature, et cela peut être grisant. Et même les mathématiques ont leur part d'irrationnel : Queneau faisait des équations qui ne pouvaient pas être démontrées.

Le temps

C'est Rosset qui écrit : « Sois l'ami du présent, le passé et l'avenir te seront donnés par surcroît. » Si je fais du théâtre, c'est peut-être lié à l'angoisse du temps. Je ne me sens vraiment bien que sur un plateau, en train de jouer. Là, j'éprouve un bien-être physique et mental, j'échappe au temps. À cette impression que le présent est du passé en train de se faire – et, après cinquante ans, la vieillesse et la mort de plus en plus obsédantes...

J'ai ce sentiment, aussi, que le temps ne vous exauce jamais. Le passé est un avenir qui n'a pas tenu ses promesses : les choses qui sont venues ne sont pas celles qu'on attendait. Elles sont autres, et même si l'imprévu qu'elles apportent est bénéfique, il y a un côté décevant. L'existentiel que je suis aimerait décider des choses, et qu'elles se fassent.

« Dans la vie, rien n'arrive. Au théâtre, tout arrive. Et surtout, ça commence et ça finit », écrit Claudel dans la première version de *L'Échange*.

C'est pourquoi je dis que le théâtre résout l'angoisse du temps. Je pense que toute réflexion sur le temps débouche sur une panique métaphysique. Mais au théâtre, le présent devient saisissable, circonscrit dans l'espace scénique qui est une sorte d'extraterritorialité du temps. Personne ne l'a mieux dit qu'Adamov : « Le théâtre est un temps réinventé dans un espace transfiguré. »

Et puis, « ça commence et ça finit », et c'est une expérience collectivement vécue. À la présence vivante de l'acteur répond la présence vivante du public et nous sommes responsables ensemble du sens. À la fin de la représentation, quelque chose d'incommunicable s'est communiqué, et il en reste, comme après une soirée entre amis où l'on a beaucoup parlé, tard dans la nuit, ce silence lourd fait de toutes sortes de bruissements des choses qui se sont dites, saturé de tous les échanges.

L'une des raisons qui me font aimer le théâtre, c'est que, contrairement au cinéma, il ne laisse pas de traces. Des souvenirs, des sensations, rien d'autre. C'est l'art de l'instant présent, intensément vécu.

Et j'aime qu'il ne reste rien de mon travail.

Retour au texte pur.

Le temps, encore

C'est étrange, si je relis des textes que j'ai joués il y a vingt ou trente ans, je ne me souviens de rien. De rien du tout. C'est comme si je ne les avais jamais eus en mémoire. Et pourtant ils m'ont construit. Que reste-t-il sinon d'avoir un peu participé au mouvement des choses, à la métamorphose incessante de la vie ?

C'est là la difficulté de vieillir. Je l'avais assez bien consignée, pour une fois je n'étais pas trop mécontent de moi, en préparant *Le Regard* de Schisgal, face-à-face entre deux artistes âgés et leurs jeunes modèles.

Comment ne pas considérer la mutation perpétuelle qu'est la vie comme la négation de ce que nous sommes ou avons été ? Comment ne pas continuer à ressasser une solidarité inconditionnelle avec sa jeunesse ? Comment ne pas regarder son passé sans se sentir dépassé ? Le piège, c'est de garder la conviction que, bien qu'on ait changé, on reste immuable, et de justifier cette assurance en évoquant nos souvenirs.

Il ne reste plus aux artistes qu'à se rallier douloureusement à cette pensée d'Héraclite : « Le temps, c'est comme l'eau du fleuve, toujours la même eau et jamais la même eau. »

À laquelle répond Brecht : « Jamais ce qui s'écoule, pas une seule goutte, ne remonte à sa source. »

Et de conclure avec Sartre que « chaque époque a son goût, qu'elle a goûté seule. »

« Oh ! Sur quels abîmes d'oubli repose la vie ! » dit Herman Broch.

Et Brecht :

« Tout change. Recommencer
Tu peux avec ton dernier souffle
Mais ce qui est passé est passé. »

Jean-Marie Serreau, qui fut mon premier metteur en scène, disait : « On vit dans un théâtre qui n'en finit pas de mourir, un théâtre qui n'en finit pas de naître. »

Il épousait complètement ce mouvement. Il était animé par un désir constant de changement, d'innovation, au point d'abandonner ses mises en scène en cours de route. À peine lancées, il fallait qu'il passe à autre chose. C'était l'esprit de recherche permanente.

Au théâtre de Lutèce, il avait affiché ce proverbe persan : « SERPENT QUI NE MUE DOIT PÉRIR. »

Absurde

Je ne pense pas que la vie soit absurde.

Elle n'offre apparemment aucune finalité, rien que des finitudes, elle a beaucoup d'aspects absurdes mais elle n'est pas absurde, elle est seulement difficile, mystérieuse, contradictoire.

Dire que la vie est absurde, c'est penser de façon rationnelle. Le paradoxe est que la vie n'est pas rationnelle, et qu'elle requiert pourtant l'usage de la raison, pour maîtriser nos rapports avec les choses, avec les êtres.

La vie a vocation à être pourvoyeuse de sens. Puis vient la mort, qui anéantit le sens. Est-ce absurde ?

Je pense qu'il y a une certaine grandeur à proposer quelque chose qui ne repose pas sur la logique, mais à condition que ce soit une création.

Avoir réussi une vie, c'est peut-être avoir expérimenté le plus de possibles en soi.

« Le poète jouit de cet incomparable privilège qu'il peut à la fois être lui-même et autrui, dit Baudelaire. Pour lui seul, tout est vacant... »

Vocation ?

Je n'aime pas tellement ce mot. La question qu'on doit se poser en abordant ce métier est : suis-je vraiment doué pour cela ? Qu'est-ce que je peux apporter aux gens ? Il ne s'agit pas de savoir ce qu'on veut faire ou ce qu'on rêve d'être, mais si on en est capable, s'il y a une adéquation entre son désir et ses possibilités réelles.

Pour jouer, il faut posséder la force de conviction. Car l'acteur n'a qu'une seule loi : convaincre. Même s'il fait appel à tout son affect, à toute son expérience, cela ne suffira pas s'il ne donne pas une crédibilité à son personnage. Et il n'y a que lui qui puisse la trouver.

Je ne crois pas à la pédagogie. Ce qu'on peut transmettre de mieux, à part quelques bases techniques, c'est le désir de faire ce métier. Mais le pouvoir de convaincre un public, un acteur ne le découvre en lui que par lui-même.

Mise en scène

Quand j'ai décidé de faire ce métier, il était induit que je ferais de la mise en scène, comme il était très clair en moi que je m'intéresserais au théâtre contemporain.

La mise en scène, c'était peut-être une question de virilité : être seulement acteur a quelque chose de trop féminin. Je voulais prendre les choses en main. Et choisir des auteurs contemporains correspondait au désir d'interroger mon époque, cet immense mouvement de pulsions et d'idées contradictoires qui se mêlent et s'affrontent.

Sartre l'a parfaitement défini quand il écrit : « L'époque a toujours tort quand elle est morte, toujours raison quand elle vit. Qu'on la condamne après coup si l'on veut, elle a eu d'abord sa manière passionnée de s'aimer, de se déchirer, contre quoi les jugements futurs ne peuvent rien. Elle a eu son goût, qu'elle a goûté seule et qui est aussi incomparable, aussi irrémédiable que le goût du vin dans notre bouche. »

Je voulais sentir le goût de l'époque et en exprimer la saveur. Participer à cette mutation constante de la vie. Me mettre à l'écoute du monde. En devenir la caisse de résonance.

Dans ma jeunesse, deux grands courants irriguaient la création théâtrale. D'un côté la critique politique et sociale avec Brecht et ses épigones. Si négative, amère ou violente qu'elle puisse paraître dans son expression, elle reposait sur une volonté constructive, un espoir de changer le monde, et, en ce sens, on peut la dire optimiste.

L'autre courant, celui de l'absurde, représenté par Beckett, Ionesco, Adamov, Jean Vauthier, était infiniment plus désespéré, désespérant, manifestant un scepticisme radical et une fascination pour le néant. Slawomir Mrozek s'y rattache, mais il habite une province extrême de la déréliction, un Kamtchatka de l'absurde. Chez lui, j'ai rencontré une expression capitale de notre époque : la dérision. Et il va à l'extrême, jusqu'à la dérision de la dérision.

La vie est tragique dans son essence, mais si on la considère dans ses détails, c'est une comédie. La souffrance est là, l'angoisse est là, mais comme prisonnières de choses minuscules, ridicules, qui n'appellent que l'ironie. Quand les dieux ont déserté, quand on ne se heurte plus à une nécessité transcendante, le tragique n'existe plus.

Schopenhauer l'a merveilleusement écrit dans *Le monde comme volonté et représentation* : « On dirait que la fatalité veut, dans notre existence, compléter la torture par la dérision. Elle y met toutes les douleurs de la tragédie mais, pour ne pas nous laisser au moins la dignité des personnages tragiques, elle nous réduit dans les détails de la vie au rôle de bouffon. »

C'est comme si des dieux sadiques nous interdisaient d'être tragiques. Et le théâtre de Mrozek le crie : notre tragédie, c'est l'impossibilité de la tragédie.

Les metteurs en scène qui furent mes maîtres, Roger Blin, Jean-Marie Serreau, Michel Vitold, Marcel Cuvelier, passaient de l'une à l'autre de ces formes antagonistes. Pour ma part, j'ai essayé de trouver des auteurs qui rendent compte de cette double expérience. L'homme jeté dans le monde, situé dans une époque, dans un milieu, qui se bat, qui travaille, aime, communique. Et l'homme intérieur, introspectif, avec ses interrogations, ses aspirations, ses angoisses, ses rêves, ses doutes. Si je me suis souvent intéressé aux auteurs anglo-saxons, c'est qu'ils mêlaient spontanément ces deux plans, ils apportaient le foisonnement de la vie immédiate, simple et ambiguë, impossible à interpréter d'une manière théorique.

Leur grand mérite à mes yeux est d'avoir incorporé les thèmes métaphysiques du théâtre de l'absurde à la réalité ordinaire. Ils ont retenu ce qu'il y avait de vraiment novateur en France dans la création théâtrale des années 50, mais en l'immergeant dans l'expérience concrète.

Pour moi qui demande au théâtre un témoignage sur la vie des hommes, Murray Schisgal est très représentatif des névroses américaines, à l'instar d'un Jerry Lewis, que j'admire énormément. Il montre avec beaucoup d'humour des personnages naïfs, déphasés par rapport aux valeurs d'efficacité, de réussite, d'argent, de l'*american way of life*. Chez l'Anglais James Saunders, l'absurde passe dans l'intimité familière, avec des situations parfois proches du théâtre de boulevard.

Et puis, les auteurs anglo-saxons ont cette qualité de laisser les spectateurs faire leur pièce, sans interférer dans leur appréciation. Il y a la pièce que le public voit jouer sur scène, et une autre qui commence après la représentation, dans l'imaginaire de chacun.

Ignorance

Il faut toujours partir de l'ignorance. Le principe d'ignorance est fondamental parce qu'on vit toujours à court terme, avec les moyens du bord. Les jugements dogmatiques sur l'Histoire oublient cet aspect de la réalité.

Ainsi, on ne veut pas se rappeler que jusqu'en 1943, jusqu'à Stalingrad, dans l'inconscient, et même dans le conscient de la plupart des gens, l'Europe était nazie pour un siècle. C'est Stalingrad qui a fait tomber le mythe de l'invincibilité de la Wehrmacht.

Je fais une grande différence entre les résistants d'avant 43 et ceux d'après. Les résistants d'avant 43 ne supportaient pas la défaite, même s'ils ne voyaient pas d'autre issue que l'exil ou la mort. Ils se dressaient contre l'Histoire, ils lui opposaient un refus absolu. J'ai entendu récemment le témoignage d'un ancien résistant, intéressant parce que très juste. Pour lui, avoir perdu cette guerre aussi rapidement était le comble du déshonneur. Mais il a d'abord accepté Pétain parce qu'il était persuadé qu'il était de mèche avec de Gaulle. Il a admis l'armistice parce qu'il était impossible de faire autrement. J'ai entendu ma mère le dire : qu'est-ce qu'on aurait eu sinon ? Un *Gauleiter*. Puis, quand il a vu les premières lois antijuives, il est entré dans la Résistance. On est loin des visions schématiques qui délimitent *a posteriori* le bon et le mauvais côté.

La condition humaine, c'est de choisir dans l'ignorance, et c'est d'ailleurs ce qui rend possible les valeurs morales. Où serait le courage, où la responsabilité et la solidarité, si tout était clair et déterminé, si on savait ce que nous réserve l'Histoire ?

Cette ignorance doit se retrouver dans l'art à la fois en se risquant vers des auteurs neufs, inconnus, et en montant des œuvres qui n'ont rien de systématique, qui transmettent la richesse irrationnelle, l'incertitude, la pluralité de sens des histoires individuelles et collectives. Et la multiplicité de chaque être humain.

Car nous ne sommes pas un mais mille, on n'est pas ce qu'on est, on est ce qu'on n'est pas. L'avoir montré est le grand apport de Pirandello à la scène, qui correspond à la fracture moderne de l'identité. Il a fait sortir les personnages du déterminisme psychologique et du schématisme des « emplois », qui veut qu'on soit roi ou bouffon.

Cette incertitude sur l'identité, cette fragmentation de la personne, existent déjà chez Gogol, chez Andreïev, et bien sûr dans Shakespeare parce que tout est dans Shakespeare. Dépossédé de la royauté, Richard II, un des rares personnages du théâtre classique que j'ai interprété, se perd en lui-même :

« Ainsi je joue, en une seule personne, beaucoup de personnages, et aucun n'est content. Parfois je suis un roi. Alors la trahison me fait souhaiter d'être un mendiant, et j'en suis un. Alors la tristesse accablante me persuade que j'étais mieux, roi. Je me retrouve roi, et bientôt me souviens que je ne le suis plus, décourouné par Bolingbroke. Et tout à coup, je ne suis rien. » (Acte V, scène 5.)

Richard II reste la tragédie de Shakespeare que je préfère, parce que c'est la tragédie de la dépossession.

Méthode

On ne possède jamais un personnage, il faut se laisser posséder par lui, comme le voulait Jacques Copeau. On n'incarne pas Hamlet : on court après un mythe. Je ne crois pas à l'identification totale. Mais, avec sa subjectivité, sa sensibilité, on s'approche de quelque chose qui n'est pas soi. Et on essaie de modifier chimiquement ses énergies par rapport à ce mythe que représente le personnage.

Il faut rester très ouvert pour qu'une alchimie se produise en vous. Les comédiens qui épousent une idéologie, quelle qu'elle soit, religieuse, politique, psychologique, se ferment à ce qu'une œuvre peut apporter de nouveau. J'ai été très proche de Tania Balachova, sans être vraiment son élève. On l'a souvent présentée comme une adepte de la méthode de Stanislavski, prônant le jeu intérieur. En fait, elle n'avait pas tellement de méthode parce qu'elle avait l'intelligence de la vie. Et dans la vie, on a des états profonds mais aussi des états superficiels. Si on ne joue que sur l'intériorité profonde, on risque de manquer de justesse.

Il n'est pas bon pour l'artiste de mettre des barrages, d'être protégé par des certitudes. Bien sûr, tout le monde tend naturellement à la clarté, rêve d'un monde globalement expliqué. Mais on n'a pas les clefs de l'existence. Et l'artiste, comme le savant, progresse en découvrant sans cesse davantage l'étendue de son ignorance.

La connaissance ressemble à une hydre : on résout un problème, il y en a dix qui surgissent, qui poussent leurs petites têtes. Peut-être aussi qu'avec l'âge on devient plus exigeant, et on perd des certitudes...

Comment avoir une méthode ? Chaque pièce est une aventure. À chaque nouveau travail, je passe par quelques semaines très angoissantes où j'ai l'impression de ne rien savoir du tout. Je compense cela par l'acceptation d'une mise en danger. On a dit que le théâtre est la complicité tacite entre deux menteurs, l'un qui veut faire croire à des choses qui n'existent pas, l'autre qui veut faire semblant d'y croire. Sur quoi faire reposer cette complicité ?

Pour moi, il y a un principe de réalité très basique : est réel ce qui est perçu, *grosso modo*, de la même façon par l'autre. Il faut un accord sur des choses minimales. À partir du moment où on a bien défini que cette table est une table, qu'elle est en bois et qu'elle est blanche, on peut commencer à interpréter. Avant, on n'a pas le droit.

Sans l'auteur, le comédien est un carcan vide, donc je reste son débiteur. C'est pourquoi je tiens au texte : c'est notre principe de réalité. Notre but n'est que de révéler le plus parfaitement possible la pensée de l'auteur aux spectateurs. C'est la pièce elle-même qui inspire les éléments de la mise en scène, estimait Georges Pitoeff.

On me dit parfois que c'est de l'artisanat. Mais partir d'une pure subjectivité pour inventer une autre réalité me paraît du confusionnisme. À moins d'avoir le génie d'un Kantor ou d'un Grotowski, s'exprimant directement par images gestuelles. Mais c'est rare.

La grande leçon que j'ai retenue de Roger Blin, c'est un immense respect du texte. Il ne s'agit pas de traduire ses propres fantasmes, mais l'essence du texte. À condition bien sûr qu'il contienne quelque chose d'assez créatif pour inciter à une re-création par des acteurs en chair et en os. Ce que j'attends d'un auteur, c'est un regard neuf sur l'existence. Lorsqu'on peut dire : il apporte un monde avec lui.

Alors il s'agit de mettre en vie ce monde. Il y a un temps de réflexion, d'incubation, de latence, où je ressasse le texte jusqu'à l'obsession. Mais ensuite, quand je me suis vraiment décidé, que le texte a atteint en moi une sorte d'évidence, j'ai besoin de faire le décor, tout de suite. J'ai beaucoup aimé travailler avec André Acquart, un des premiers à avoir conçu les décors en architecte, et non en peintre. Il faut que le rêve se concrétise, ici et maintenant, en construisant l'espace scénique. J'ai besoin de faire les décors. La bande-son, aussi, qui va donner à la pièce son rythme et sa musicalité.

Je ne suis pas enclin au travail trop prolongé autour de la table, avec les acteurs : cela débouche trop facilement sur la théorie. Il vaut mieux se mettre en danger très vite avec le texte. Je crois qu'il faut être physiquement vulnérable au texte. Établir des rapports charnels, vivants.

Chercheur de textes,
explorateur du texte

Je me considère comme un pourvoyeur de textes. C'est une part importante de ma vie d'homme de théâtre d'aller chercher des textes neufs, des auteurs inconnus ou mal connus, pour leur donner vie sur scène.

C'est ainsi que j'ai découvert Murray Schisgal. Je me trouvais dans les bureaux parisiens de l'agence William Morris, en quête d'auteurs, quand un Américain m'a soufflé ce nom : « Vous devriez voir Murray Schisgal. » Là-dessus, il a disparu, passeur mystérieux... Je suis fier d'avoir révélé en France, grâce à lui, ce dramaturge que je considère comme une sorte de Charlie Chaplin du théâtre.

Le travail de traduction et d'adaptation que nous faisions avec Pascale, excellente angliciste, fournissait un exercice préparatoire passionnant à la mise en scène et à la direction d'acteurs. Dans la traduction, il s'agit moins de trouver des équivalences dans la langue française que de restituer – enfin, d'essayer – ce qui fait l'originalité de l'auteur dans sa propre langue. Si le style consiste dans l'écart par rapport à une formulation neutre, comme le définissent certains stylisticiens, il faut retrouver le même écart dans la langue française. L'image qui me vient est celle du négatif photographique : on doit faire un nouveau tirage à partir du négatif initial, et non du positif qu'est la pièce.

Barthes disait que tout texte est un « intertexte », nourri de ce qui l'a précédé ; il contient des textes antérieurs, d'autres auteurs. Le travailler, c'est explorer ce gisement secret. Devenir en quelque sorte le détective de ce qui s'est passé entre l'intuition créatrice de l'auteur et l'exécution formelle de la pièce.

J'essaie de voir d'où viennent les mots. Et de me livrer à leur pouvoir. Car, s'ils sont d'un véritable auteur, les mots ont le pouvoir de nous atteindre et de nous transformer, de modifier nos énergies.

À partir d'un certain stade de travail, je demande beaucoup aux acteurs de revenir au texte, de redevenir un simple lecteur attentif. Simplement cela : considérer une phrase, s'étonner de sa construction, de sa ponctuation, de tel mot banal ou incongru, d'une figure de style. L'observer jusqu'à ce qu'elle cesse d'être une forme familière pour apparaître comme une chose insolite, un animal bizarre au comportement imprévu. Il faut se colleter aux mots pour découvrir non seulement ce qu'il y a derrière, mais aussi la musique secrète du texte.

Souvent, je m'amuse à faire le roman de la pièce, à me raconter la version romanesque d'une scène, quitte à ne pas la suivre ensuite. « Tout en prenant sa tasse de café, il songeait à cet autre soir où, etc. » Au théâtre, il n'y a que les dialogues et les gestes. On prend sa tasse de café et c'est tout.

Répétition

Non, ce n'est pas répétitif, de répéter !

La répétition n'engendre pas l'usure, c'est le contraire de la cristallisation, un moyen d'aller plus loin. D'abord parce que cela permet de se libérer, grâce à la maîtrise. C'est en possédant une maîtrise technique toujours plus forte qu'on peut espérer avoir une inspiration.

Ensuite parce que rien n'est jamais pareil. Quand des comédiens veulent introduire des changements, au cours des représentations, je dis toujours – je répète ! – qu'il ne faut pas avoir peur de faire la même chose que la veille. Car, de toute façon, on ne fera pas la même chose. C'est un autre jour, et on ne reproduira jamais exactement ce qui s'est passé.

Justesse

Je suis pour la démesure, mais pas pour la démagogie. La fausse folie, je m'en méfie terriblement.

J'ai toujours essayé de suivre mon chemin en me gardant, d'un côté, de la facilité, de l'autre, de l'imposture intellectuelle.

La facilité, c'est le convenu, le conformisme. L'imposture intellectuelle est un vaste domaine. Elle peut être déclarée, consciente, imposée comme un système. Mais elle peut être aussi beaucoup plus insidieuse, une manière sincère de fausser les choses, une manière paresseuse de les laisser dévier, une manière sans intelligence de s'en emparer...

Comment s'en défendre ? Par une remise en cause quotidienne de son travail et de soi-même. Ce qu'il faudrait peut-être, à la fin de chaque journée, c'est faire, comme les religieux, son examen de conscience, réviser la page de vie qu'on vient d'écrire : n'ai-je pas été trop bête en ceci ou en cela, ou trop négligent, trop superficiel ?

Étrange

Qu'y a-t-il de plus étrange que la réalité ordinaire, la chambre que vous habitez, la rue que vous descendez, le passant que vous croisez, l'heure que vous traversez ? Nul besoin d'aller chercher des formes chimériques, des monstres improbables, tout cet attirail luxuriant du fantastique quand il devient un genre.

Ce fantastique-là, élaboré à seule fin de vous donner des frissons, m'a toujours rebuté. Même l'effroi et le merveilleux archétypiques des contes ne me parlent pas. Alors qu'il suffit à Rilke d'approcher, de remarquer : « Je pensais que quand les choses se passaient naturellement, elles étaient beaucoup plus étranges », pour faire trembler les murs qu'on croyait stables. Il transmet admirablement cette impression dans *Les Cahiers de Malte Laurids Brigge* : l'étrange naît du familier. Je suis entièrement accordé à cette vision.

Rien de plus quotidien que l'univers de Kafka. Quand il relate la transformation d'un homme en cloporte dans *La Métamorphose*, il le fait de la manière la plus réaliste, la plus factuelle qui soit.

Plus Kafka est quotidien, plus il manifeste l'insolite, comme si l'étrange était une sécrétion du banal.

Je crois d'ailleurs que c'est ce qui le rend impossible à adapter au théâtre ou au cinéma. Si on garde cet aspect extrêmement concret, on ne montre que des signes extérieurs. Mais si on essaie de donner un sens, comme Orson Welles faisant du *Procès* une parabole sur le nazisme, cela devient vite réducteur.

Zurlini a commis l'erreur inverse avec *Le Désert des Tartares*[1] : s'en tenir à une littéralité extérieure. Du coup, le roman métaphysique de Buzzati devient anecdotique. Il y a les choses mais pas ce qui est derrière les choses.

Il est un autre aspect de l'étrange qui fait faire un pas vers la folie. Il ne concerne plus le monde, mais le sujet, qui se sent étranger au monde. C'est le début de l'absurde au sens clinique du mot. S'il n'est pas maîtrisé par l'art, ce sentiment de rupture, d'isolement, peut conduire au suicide.

Le théâtre de l'absurde est un théâtre de la déréliction. Il raconte un chaos où l'on n'est plus relié à rien, ou bien, comme chez un Beckett, une sorte d'oblomovisme[2], où l'on n'est plus concerné par rien. Ce sont des formes proches de la psychiatrie.

---

1. D'après le roman du même nom de Dino Buzzati.
2. Forme d'apathie qui caractérise le héros du roman de Gontcharov, *Oblomov*.

Si la part la plus sombre de moi-même a des affinités avec cet univers de rupture, de désespoir et de dérision, j'ai évité de m'y complaire. Aller vers ce théâtre aurait été inutilement redondant !

Animal

Je me méfie un peu des chats, ou eux de moi, je ne sais, peut-être parce qu'on se ressemble et que je vois clair dans leur jeu... C'est extraordinaire de voir jouer un chat. Tout le théâtre est là. Il se crée un ennemi, décide : c'est la balle ou moi. Il se fait de fausses peurs, il invente le psychodrame.

C'est là qu'on voit l'importance de l'instinct ludique. Le monde animal apprend par le jeu. Les enfants aussi, en improvisant des saynètes. C'est une des raisons qui me font juger préférable pour un acteur de commencer jeune : pour garder cette animalité. Un acteur qui n'a pas un grand potentiel physique aura beaucoup de mal à se développer dans le métier.

J'ai eu la chance d'avoir un père très musicien. C'est lui qui a posé ma voix. Il se mettait au piano et me faisait travailler. Il aurait pu chanter. Moi aussi, mais je suis très monolithique dans mes énergies. Si j'avais fais du chant, il aurait fallu que je ne fasse que cela.

Jusqu'à vingt-cinq ans, j'étais surtout physique. J'avais un côté faunesque, besoin de toucher les choses, de les sentir avec mon corps. Quand j'ai joué *L'Échange* de Claudel, à vingt ou vingt et un ans, j'avais déjà du métier. Et le personnage de Louis Laine, Indien d'Amérique doté d'une puissante animalité, m'a fait éprouver une adéquation extraordinaire entre le corps et la parole. J'ai compris qu'ils marchaient ensemble. J'allais dire qu'ils dansaient ensemble.

Regardez un Michel Bouquet. Il pourrait sembler intellectuel, mais il y a un côté terriblement animal chez lui.

Antonin Artaud disait que l'acteur est un athlète affectif, un athlète du cœur. Il avait inventé des mouvements entre mime et danse qui faisaient l'admiration de Roger Blin. Mais Blin était aussi très lucide sur Artaud. Il pensait que son théâtre était irréalisable : il aurait fallu trouver des acteurs aussi géniaux que lui, qui pousseraient des cris géniaux.

Parce que c'est cela le théâtre : des cris. Des cris d'animal.

Je suis fasciné par le cheval. C'est un être extraordinaire, fou, imprévisible. J'allais souvent monter avec Pascale du côté de Pontoise, chez un de ses amis, Jules d'Épinay.

En 1960 et 1961, j'ai enchaîné deux films en Yougoslavie, dans les studios de Belgrade, *Kapo* de Pontecorvo, qui était interdit de tournage en Italie, et *Tu ne tueras point* d'Autant-Lara. Il y avait là trois cents chevaux pour moi tout seul ! Les autres Français ne parlaient pas aux Yougoslaves. Je partais dans la forêt. À la fin, je devenais un vrai cavalier. On m'a donné un cheval qui m'a fait tous les coups. Mais je suis toujours resté en selle. Sauf une fois où il a foncé contre un arbre. Je n'ai rien compris à ce qui se passait mais je me suis retrouvé par terre debout, les rênes à la main !

En fait, je suis persuadé que le cheval n'aime pas être monté. Il supporte, c'est tout. Peut-être garde-t-il la nostalgie d'un monde sauvage. Un monde de loups.

Les loups me passionnent par-dessus tout. Il se dégage d'eux la force de l'indompté. On ne peut rien en faire. C'est ce que j'ai vu de plus sauvage. De plus irréductible.

Les Tricheurs

En 1958, j'ai accepté *Les Tricheurs* parce que j'avais une immense admiration pour Carné. Il s'était formé au cinéma sur le tas : il portait des caisses pour Feyder, et peu à peu, il est devenu son assistant. Peut-être à cause de ces humbles débuts, il éprouvait le besoin de manifester son autorité. Il était de ces réalisateurs qui veulent partir de zéro et tout inventer. Il n'aimait que le studio, détestait les décors naturels : il fallait « faire des ambiances ».

C'était d'ailleurs une époque de techniciens. Tout était préparé, écrit, le travail bien délimité. Si un metteur en scène bouleversait le plan prévu, l'équipe faisait remarquer : « Alors, c'est changé ? » Et ce n'était pas un compliment. La Nouvelle Vague a condamné cet immobilisme, mais il y avait aussi le côté « belle ouvrage » de l'artisanat, que j'appréciais.

Donc, pas question de refuser *Les Tricheurs*. Mais j'avais des réserves sur le scénario, et pendant le tournage, j'étais très dépressif. J'espérais me casser la gueule dans un escalier, être remplacé, arrêter les frais. Je trouvais que c'était un film sur les jeunes fait par des vieux, les dialogues me semblaient caricaturaux... J'ai revu le film récemment, et je suis revenu sur ces préventions. Je l'ai trouvé beaucoup moins vieux qu'à l'époque où il est sorti, juste avant le yé-yé, et même assez prémonitoire.

Il y a une antinomie intéressante entre le sujet très débridé, dépoitraillé, et le classicisme d'une mise en scène très tenue, avec une technique soignée, à l'ancienne. Cela fait une espèce de distanciation brechtienne, intéressante. La narration a un style choc, brutal, alors que les images n'ont rien d'impudique. Le scandale est dans les ellipses. Et il y a de l'excellent jazz. Seul le prêchi-prêcha final est franchement indigeste.

Carné a trouvé le moyen de renouveler le thème romantique qui lui est cher de l'amour impossible. Dans un monde où tout est permis, qu'est-ce qui pourrait remplacer l'épée de Tristan ? Le cynisme. Les amoureux ne s'aimeront pas parce que c'est ridicule, d'aimer.

On a beaucoup dit que mon rôle dans *Les Tricheurs* pouvait m'assurer la gloire et lancer ma carrière au cinéma, et que j'avais tourné le dos à cette chance. Mais quelle gloire ? Quant au mot « carrière », il n'a jamais fait partie de mon vocabulaire. L'idée de « faire carrière » m'est simplement et parfaitement étrangère.

J'avais vingt-quatre ans et déjà toute une expérience de théâtre. Je savais ce qui m'importait. Le succès du film de Carné ne pouvait pas me tourner la tête. Il m'a plutôt gêné, importuné. Ce sont les mots qui me viennent avec le recul du temps. Mais sur le moment, j'ai trouvé cela pénible, presque insupportable. Je me suis senti traqué alors que je voulais être tranquille.

Les gens voyaient en moi un personnage de film que je n'étais pas du tout. Ça m'énervait beaucoup. Un jour, j'achète un journal dans un kiosque, et je vois une bande de jeunes qui me regardent en rigolant. Je leur demande ce qui les fait rire. Ils me répondent : « C'est de vous voir acheter un journal. Dans le film, vous vous moquez de la presse. » Ce genre d'identification me paraissait assez lourd, comme la fausse familiarité avec laquelle il fallait embrasser des inconnues qui m'abordaient dans la rue.

Juste avant de tourner *Les Tricheurs*, j'avais joué avec Silvia Monfort à la Comédie de Paris *Pitié pour les héros*, une pièce pas déshonorante, un peu sartrienne. Jacques Deval m'a contacté. À cette époque, c'était un auteur dramatique deux fois plus populaire qu'Anouilh, et il voulait tenter quelque chose d'un peu plus audacieux que ses pièces à succès comme *Ce soir à Samarcande* qui a tenu l'affiche cinq ans. C'était un homme charmant, très vieille France.

Mais le texte qu'il m'a proposé restait quand même assez conventionnel. J'ai dit que je ne sentais pas le rôle, pour ne pas dire que je ne sentais pas la pièce. Personne ne comprenait mon refus.

C'est peut-être de la prétention, mais je préférais risquer la misère.

Les gens qui vous veulent du bien prétendent qu'il faut d'abord arriver à se faire connaître, ensuite on peut faire ce qu'on veut, on est maître de ses choix. Je n'en crois rien. Ensuite, on est pris dans un système, victime d'un processus.

On ne devient pas libre en passant par le compromis.

Il faut décider d'être libre d'abord.

Je me souviens d'un tournage à Londres, en 1966. C'est le plus mauvais film que j'ai fait, *À cœur joie*, de Serge Bourguignon, et je me suis payé le luxe d'inviter le producteur à déjeuner pour le lui dire. C'était un homme important, président du syndicat des producteurs. Je lui ai sorti, bille en tête : « Écoutez, on est en train de faire un film lamentable ! » Et j'ai compris qu'il s'en foutait complètement. Il avait Bardot à l'affiche, le film était vendu.

J'avais accepté ce tournage parce qu'un engagement au théâtre m'avait empêché de faire *Viva Maria !* de Louis Malle, et que j'avais très envie de travailler avec Brigitte Bardot. Nous avons eu d'excellents rapports. Elle était tout à fait consciente d'être piégée dans le star-system, entourée de profiteurs et de paparazzi. Je lui ai demandé comment elle supportait cette bande de parasites, mais elle savait que, dans sa situation, si ce n'étaient pas ceux-là, c'en seraient d'autres. Elle m'a répondu, et c'était juste, intelligent : « Je préfère les cons que je connais aux cons que je ne connais pas ! »

Après *Les Tricheurs*, j'ai choisi de jouer *Tête d'or*, que me proposait Jean-Louis Barrault, au lieu de *Classes tous risques*, le premier film de Claude Sautet. Le rôle est allé à Jean-Paul Belmondo, qui venait de connaître le succès avec *À bout de souffle*. Mon agent m'a longtemps reproché de n'avoir pas fait le film...

Bien sûr, je me suis posé la question de la rentabilité. Je me disais que j'avais sans doute des chances de devenir clochard. Mais je ne m'en inquiétais pas outre mesure, et cela ne remettait pas en cause la ligne que je m'étais fixée.

C'était un risque à courir. Une forme d'engagement. Quitte à s'engager, autant aller au bout et faire ce qu'on a envie de faire, pas ce que les autres veulent vous voir faire.

Pauvreté

Je respecte l'argent lorsqu'il est investi dans une entreprise artistique. Là, j'estime qu'il faut mettre l'argent nécessaire, et le gérer de façon responsable. Mais la pauvreté matérielle ne m'a jamais inquiété et un certain dépouillement esthétique me convient.

Il se trouve que je suis plus sensible au cinéma de Bresson, qui exprime un maximum de choses avec un minimum de moyens, qu'au grand spectacle à la Cecil B. DeMille.

Cinéma

Au cinéma, je ne peux être qu'un acteur. Je n'aurais pas pu devenir metteur en scène. Je ne me vois pas manier les images. C'est à la fois trop abstrait et trop matériel. Le cinéma m'intéresse quand les autres le font. Lorsque je joue dans un film, je suis curieux de la technique, des cadrages, des mouvements de caméra. Mais cela ne m'a jamais tenté, de réaliser un film. Mes deux passions restent le texte et la direction d'acteurs.

C'est l'essence même du théâtre de ne faire appel à aucune technique. De tout devoir à la présence humaine, réelle, vivante. Une captation théâtrale n'est jamais très satisfaisante. Cela peut avoir valeur d'archives, mais il y manquera toujours la respiration, les vibrations qui s'échangent entre les acteurs et le public.

Je suis arrivé dans le cinéma à une époque charnière : c'était la fin du cinéma dit « de qualité », que j'ai connu avec Carné, Clouzot, Autant-Lara, La Patellière, qui avait un côté conventionnel, académique, c'est sûr, mais aussi un vrai savoir-faire.

Le système lourd du studio demandait des techniciens chevronnés, qui formaient une espèce d'aristocratie ouvrière, assez corporatiste d'ailleurs. Un véritable pouvoir, entre le producteur et le réalisateur. Ils disposaient de l'argent et décidaient de la place de la caméra.

La Nouvelle Vague a balayé tout cela, insufflé de la vie et du naturel, mais avec le côté sectaire des révolutionnaires.

Je garde en mémoire une scène amusante qui contient ces deux manières opposées de pratiquer le cinéma. C'était sur le tournage de *Médée* de Pasolini, où je jouais le Centaure. Il y avait des moyens de superproduction, une équipe impressionnante, et je regardais les techniciens affairés autour de la caméra pour filmer l'arrivée des Grecs par la mer. Soudain, j'ai été bousculé par quelqu'un : c'était Pasolini qui se faufilait avec une petite caméra. Il faisait son film à l'intérieur du film officiel, gouverné par les techniciens qui professaient comme Verneuil qu'il n'y avait qu'un seul bon endroit où placer la caméra !

En fait, mon expérience au cinéma m'a appris que non seulement il n'y a pas qu'un seul bon endroit où placer la caméra, mais qu'on peut avoir des conceptions très différentes. Orson Welles estimait qu'un film se fait au montage, Buñuel n'assistait même pas aux rushes. Je l'ai découvert sur le tournage de *La Voie lactée*, quand il m'a dit :

« Il paraît que vous êtes très bien !
— J'en suis ravi. Mais pourquoi "Il paraît" ?
— C'est ce que m'a dit la monteuse. »

Tout son film était découpé dès l'écriture du scénario. Au tournage, il était d'une complète décontraction.

Quand j'ai joué dans *La Voie lactée*, je venais de faire *La Prisonnière* avec Clouzot qui, lui, travaillait ses plans jusqu'à la manie.

Puis j'ai enchaîné avec *Le Révélateur* de Philippe Garrel. L'inspiration lui tenait lieu de tout : avec Bernadette Lafont, on est partis pour l'Allemagne en 2 CV, en pleine grève de 68, sans essence, sans argent, sans caméra. Philippe Garrel improvisait au fur et à mesure, tournait dans des chambres d'auberge avec des éclairages de fortune.

Il y a vraiment de nombreuses façons de faire du cinéma.

Compagnie

À partir de ma première mise en scène, en 1961, j'ai joué régulièrement avec un groupe d'amis pour la plupart amenés par Pascale du cours de Tania Balachova : Claude Aufaure, Philippe Laudenbach, Michael Lonsdale, Marc Eyraut, Maurice Garrel, Yvette Etiévant... C'était une Compagnie informelle, un groupe fluctuant, fondé sur les affinités, l'amitié, et un commun désintéressement.

Au moment de monter *Le Pic du Bossu* de Mrozek, en 1979, qui nécessitait un budget plus important, sur le conseil de Roger Blin, la Compagnie Laurent Terzieff est devenue une association loi 1901. J'ai toujours pensé qu'une économie bien comprise consistait à trouver des ressources en fonction de ce que nécessitait la pièce. Il ne s'agit pas d'être pauvre à tout prix ! Ce statut permettait d'obtenir une subvention tout en préservant notre autonomie et en gardant l'esprit d'aventure autour d'un texte qui nous animait.

Là encore je suis arrivé à un moment charnière. À mes débuts, au Théâtre de Lutèce, où j'ai monté

Andreïev, Schisgal, Albee, Saunders, Mrozek, entre 1961 et 1967, j'ai connu les derniers feux du mécénat. Puis les conditions économiques ont changé, et l'antagonisme entre théâtre subventionné et théâtre privé a commencé à se durcir.

Pour ma part, j'ai toujours défendu la mixité, une part de subvention, une part de financement privé, comme la meilleure façon de préserver la diversité de la création, de garder un espace entre l'élitisme et le pur divertissement.

L'idéal est de créer une relation entre un lieu, une équipe, un texte, et le public. Un public que je souhaiterais universel, le plus large possible, qui ne corresponde à aucune strate sociale ou intellectuelle. Mais je suis lucide, et il faut tenir compte des réalités. Souvent les lieux ne sont pas neutres, ils attirent un certain public.

Je suis resté nomade, et cela m'arrange comme cela m'arrange d'une certaine façon d'être pauvre, de n'avoir pas de budget important à gérer, pas de comptes à rendre, et surtout, pas d'engagement à long terme qui m'oblige à être prisonnier d'un agenda.

Ce sentiment de liberté m'importe plus que tout.

Responsabilité

Il y a quelque chose dans ma nature profonde qui me fait estimer, depuis toujours, qu'on ne me doit rien.

Je voulais devenir metteur en scène pour être responsable. Je le voulais depuis l'instant où j'ai décidé de faire du théâtre, mais c'est arrivé dans ma vie à un moment où il y avait une fêlure intime, une terrible impression de tourner à vide.

Et cela m'a donné le courage d'affronter la solitude du metteur en scène. Parce que la mise en scène, c'est un homme seul, il faut accepter cette solitude.

Quand j'ai monté ma première pièce, *La Pensée* d'Andreïev, j'ai cruellement ressenti cela. Au moindre incident, un acteur qui se trompe un peu dans son texte, un éclairage qui ne se fait pas, un changement de décor trop laborieux, c'était comme si l'on m'enfonçait des aiguilles dans la chair. Alors que lorsque j'étais simplement acteur, je ne m'en souciais pas.

Mais si on est metteur en scène, c'est pour répondre de tout. On est responsable d'un répertoire, du choix des acteurs, de la direction qu'on leur donne, du travail sur les décors, le son, de l'harmonie de toutes les disciplines qui concourent au spectacle. On est responsable vis-à-vis de l'auteur comme vis-à-vis du public.

Politique

On est toujours sensible à l'injustice, quand on est jeune. À quinze ans, le communisme m'a semblé, naïvement, une réponse à l'injustice. Un recours moral, et un réconfort. J'aimais cette idée marxiste qu'un jour la révolution mondiale et le progrès technique permettraient de laisser le travail aux machines et de se consacrer au loisir, à la culture. Cette finalité du loisir était une vision édénique. Et cela passait par une redistribution des richesses.

Il faut bien se mettre dans la tête que la perspective de sortir de l'économie de marché était vraiment un rêve extraordinaire. On a du mal à le comprendre aujourd'hui, mais l'idée que le capitalisme n'existerait plus faisait partie de l'humeur du temps, de ce « goût de l'époque » dont parle Sartre.

Je me souviens de réunions nocturnes, dans l'urgence, d'une atmosphère de ferveur, de la chaleur humaine si réconfortante. S'il y a quelque chose que je suis content d'avoir vécu, c'est cela : cette solidarité de la classe ouvrière que je trouvais tellement émouvante.

J'ai cru que le salut des hommes pouvait passer par le collectivisme. L'histoire s'est chargée de tordre le cou à cette idéologie. Et à cette idée romantique de refaire le monde sur les décombres fumants de l'Europe de l'après-guerre. Le socialisme réel ne marche pas. Il n'explose pas, il implose, ce qui est beaucoup plus démoralisant.

J'étais trotskiste parce que je voyais qu'il y avait des choses à contester dans le régime stalinien. Le complot des blouses blanches faisait réagir. Avec l'arrivée de Khrouchtchev, j'ai pensé qu'il y avait une possibilité de réforme. Et il y a eu en effet un progrès du niveau de vie et la dénonciation des crimes de Staline. On a autorisé la parution d'*Une journée d'Ivan Denissovitch*. Je me suis rapproché du PC alors.

Mais cela s'est vite dégradé, je m'en suis rendu compte au cours d'une tournée en URSS. D'un autre côté, les revirements des intellectuels de gauche m'énervaient. Ceux qui, lors de la révolte hongroise de 1956, ont sauté sur l'occasion de rendre leur carte du Parti parce que ça les gênait aux entournures n'étaient souvent pas très sincères. Les intellectuels remplissent bien mal leur rôle.

Depuis, le désenchantement est général. Je suis revenu de ces deux grandes idées adolescentes : le collectivisme et le progrès. Avoir cru au collectivisme est une sottise qui ne me laisse que des regrets et des remords.

Mais le libéralisme économique, qui débouche sur l'ultra-libéralisme, ne me paraît pas plus satisfaisant. Je refuse de faire partie de la race des seigneurs qui écrase les petits, mais tout autant de la race des signeurs, qui pétitionne à tout va. Je regrette de n'avoir pas mieux lu Bakounine, qui avait très justement vu dans l'État « le plus froid des monstres froids », et dénoncé le « nivelisme » du parti communiste. Seulement, il n'a pas dit par quoi il allait les remplacer.

Quant au progrès... Croire que l'humanité allait, par des détours et des accidents de parcours, vers un mieux !...
Les gens n'attendent plus le salut du progrès technique, mais ils en sont toujours friands, comme bien de consommation. Or je pense que plus la technique se développe et se complique, plus on va vers la catastrophe. Je me sens fort pessimiste, mais je ne veux pas non plus en faire un fonds de commerce : le pessimisme systématique à la Cioran, ça aussi, ça m'énerve !
C'est pourquoi je ne me sens pas « naturalisé humain ». J'ai toujours du mal à accepter le monde en me réveillant le matin. Et pourtant, la vie est une chance formidable.
Cette contradiction n'a fait que s'accentuer en moi. Il y a des gens qui, dans la sérénité, trouvent le *la* du ton affectif. Pas moi...

Algérie

La guerre d'Algérie est l'autre blessure politique profonde et amère de ma vie. Quand on voit aujourd'hui ce qu'est devenue l'Algérie, on ne peut qu'éprouver un sentiment d'amertume. Il y a eu des erreurs d'un côté comme de l'autre, mais depuis l'indépendance l'issue reste douloureuse.

Le FLN l'a emporté, jusque dans la mémoire : on ne se souvient plus qu'il y avait au départ des militants algériens qui ne souhaitaient pas rompre avec la France. Par Jean-Marie Serreau, j'avais connu le poète algérien d'expression française Kateb Yacine. On a lu sa pièce *Le Cadavre encerclé*, lors de la dernière réunion de l'Union des étudiants algériens, juste avant sa dissolution.

Je connaissais beaucoup d'Algériens. Comme trotskiste, je militais avec le FLN, mais j'avais aussi des amis au MNA (Mouvement national algérien), et j'ai vécu leur affrontement, après l'éclatement du Parti populaire algérien. Antar Nadji, qui appartenait au MNA, a été liquidé par le FLN. On a tiré sur lui dans la rue, alors qu'il sortait de son bureau. Un malheureux passant a été abattu avec lui. Mon frère, qui avait rendez-vous avec Nadji, aurait été tué, lui aussi, s'il n'avait dû se décommander au dernier moment.

Je ne pouvais envisager de me battre contre des Algériens. En 1956, j'avais été appelé sous les drapeaux. J'étais dans une anxiété extrême. Une crise de rhumatismes articulaires aiguë m'a évité de partir. Les médecins militaires se méfiaient, parce que déjà des garçons en bonne santé revenaient d'Algérie pensionnés à vie, et l'administration n'aimait pas cela.

Je me trouvais sur un tournage en Italie quand le manifeste des 121 qui incitait à l'insoumission [*des appelés en Algérie*] a été lancé, en septembre 1960. Je l'ai signé à mon retour, parce que cela me paraissait la seule action possible en faveur de la paix en Algérie, et par solidarité avec les comédiens signataires, qui en payaient déjà les conséquences. C'était une action illégale, indéniablement, mais qui répondait à une illégalité gouvernementale.

La répression a été très dure pour les comédiens : une atteinte au droit au travail. Le gouvernement a décidé l'interdiction d'employer les comédiens signataires dans des entreprises où il y avait de l'argent public. Autant dire de travailler tout court, puisque radio, télévision, cinéma, dépendaient de l'État. Même le théâtre bénéficie la plupart du temps d'une subvention, si petite soit-elle. Roger Blin a perdu son emploi à la radio, qui était son gagne-pain. C'était donc la cloche pour nous tous.

Vers la fin de la guerre d'Algérie, alors que j'avais signé ce manifeste, j'ai été rappelé par l'armée à la suite d'un décret obligeant tous les réformés, même définitifs, à repasser devant une commission.

Je suis sorti de cette confrontation dans un état de dépression profonde.

La tragédie algérienne m'a traversé, m'a transpercé, au plus intime.

Mai 68

Une des rares paroles justes que j'ai entendues dans ce déluge verbal venait d'un ouvrier qui disait : « Donnez-la-nous, cette culture bourgeoise que vous voulez jeter aux orties ! On a assez payé pour ne pas l'avoir eue. »

Pour ceux qui, comme moi, s'étaient engagés dans l'action politique, le spectacle était affligeant. Tous ces révolutionnaires au petit pied qui surgissaient tout à coup pour se jouer un psychodrame narcissique... D'autant plus que j'étais dans le milieu des comédiens, où l'effet de mode était le plus voyant.

Humaniste

J'appelle humaniste quelqu'un qui vous donne le goût de vivre, par la connaissance des choses importantes et simples.

La pédagogie ne peut se concevoir que si on est humaniste, si on est porteur d'une énergie positive, constructive. Tania Balachova était une humaniste parce qu'il n'y avait aucun dogmatisme en elle. Ses cours étaient des leçons de vie.

Freud, voilà un grand humaniste à mes yeux. Il faut lire l'*Introduction à la psychanalyse*. L'humilité extraordinaire dont il fait preuve donne envie de vivre sans faire de concession. On comprend que l'expérimentation de soi-même passe par l'effort, la recherche, la difficulté. Mais plus la barre est haute, plus on est content de l'avoir atteinte.

Langue française

J'ai partagé avec ma mère l'éblouissement devant la langue française, que je garde toujours : la clarté et la précision de cette langue, les domaines passionnants qu'elle ouvre à l'esprit.

Milosz a écrit l'une des plus belles langues qui soient. Il y a chez lui une expérience du langage tout à fait remarquable : lituanien d'origine et d'inspiration, il n'a jamais écrit qu'en français. Son style, d'une splendeur merveilleuse, a irrigué le français d'un sang nouveau tout en respectant sa grande tradition.

La tradition n'a rien de statique, puisqu'elle est appelée à être transmise, donc renouvelée. Le Rimbaud des *Illuminations* crée une forme nouvelle mais à partir d'une tradition qu'il reprend et dépasse.

Magnifique aussi, le français d'Antonin Artaud. Dans *Le Suicidé de la société*, il écrit que Van Gogh ne pouvait être qu'un peintre. Lui ne pouvait être qu'un écrivain.

Poésie

Avant d'être un art, la poésie est une manière de vivre et de sentir. En fait, je crois que c'est l'essence même de la vie.

Quand les premiers hommes ont commencé à imiter les bruits de la nature, ils étaient poètes. La poésie commence avec l'ouverture à l'inconnu, le sentiment de l'étrangeté du monde, un élargissement de la conscience, mais en dehors de la morale et de la rationalité. C'est une vacance de la raison qui laisse place au sens de l'analogie universelle, des correspondances, de la multiplicité et de la profondeur de la vie.

Ici, les citations affluent :

« Les poètes savent faire surgir les mots qui savent de nous ce que nous ne savons pas d'eux », disait René Char.

Et Sartre : « Les poètes ne se servent pas des mots comme des signes mais comme des choses. »

« La poésie est ce qu'il y a de plus réel : ce qui n'est complètement vrai que dans un autre monde. » Par la poésie, dit encore Baudelaire, « l'âme entrevoit les splendeurs situées derrière le tombeau. »

La poésie exprime ce qui n'est pas réductible à la rationalité.

Lorsque j'ai rencontré Roger Blin, à quinze ans, il mettait en scène *La Sonate des spectres* de Strindberg, que j'ai vue et revue dix fois. C'est la première fois que je découvrais un théâtre aussi éloigné de l'image conventionnelle qu'on a du théâtre. Tout d'un coup, c'était de la poésie qui envahissait le plateau.

Un monde arraché à l'invisible. Voilà ce que faisait Blin.

C'est là que m'est apparu ce pouvoir du théâtre de rendre l'invisible présent, et communicable. Tout coexistait, le réel et l'irréel, le concret et l'impalpable, les vivants et les fantômes. Même étoffe, envers et endroit, même souffle qui relie le monde extérieur et le monde intérieur.

Pour un adolescent timide et tourmenté, qui éprouve intensément les contradictions de l'existence, qui se sent étranger aux autres, et à lui-même étrange, cette expérience poétique ouvrait un autre domaine de l'être, où les conflits déchirants étaient non pas résolus mais transcendés par l'unité vivante de la représentation.

Le théâtre est resté pour moi le lieu de communion du visible et de l'invisible.

Pour moi, il n'y a pas de théâtre sans poésie, sans cette vibration mystérieuse qui se propage à travers les mots, qui nous relie à ce qui nous manque, qui instaure une absence essentielle.

On trouve chez Milosz cette idée de Platon que le monde n'existe en tant que monde que par défaut. Si une chose nous manque, c'est qu'elle existe. Si elle n'est pas là, elle est ailleurs. Le théâtre qui est miroir de la vie des hommes contient le reflet de cet ailleurs. Et du désir qui y tend, et de la distance qui en sépare.

Non, il ne faut rien céder sur la poésie !

Roger Blin

Je lui dois tout !

Mon amour du théâtre, de ce théâtre visionnaire que j'étais fait pour aimer, le respect du texte, l'engagement au service d'auteurs inconnus – faut-il rappeler qu'il fut le premier à monter Samuel Beckett et Jean Genet ? –, l'amitié indéfectible.

Quand je l'ai rencontré, adolescent, par une amie de ma sœur aînée, il dirigeait la Gaîté-Montparnasse. C'est là que j'ai découvert *La Sonate des spectres*. Je lui ai montré des poèmes que j'écrivais. Il les a trouvés très purs et m'a encouragé à écrire. Cela m'a touché. Pur, c'est un mot qui lui convient. S'il y a un homme de théâtre auquel peut s'appliquer le mot trop galvaudé de pureté, c'est bien Roger Blin.

Il bégayait, j'étais d'une timidité extrême. Nous nous en tirions par l'humour.

Je notais ses formules cocasses :

« Le regard du sourd qui n'est pas tombé dans l'oreille d'un aveugle. »

« Petit à petit, de fil en aiguille, la tache d'huile fait boule de neige. »

« Je vis un nouveau-né me faire un grand sourire : il n'avait déjà plus de dents ! »

« Les enfants sont gentils... mais sonores ! »

Nous pouvions nous taire ensemble, toujours accordés, ou discuter sans fin et sans concession. Nous avions la même passion pour Milosz et Rilke.

Quand j'avais un doute, une difficulté d'interprétation ou de mise en scène, c'est vers lui que je me tournais. Il a dit qu'il me voyait toujours comme cet enfant sauvage qui était venu vers lui. Moi je le voyais comme un éternel jeune homme, avec une mystique de rebelle. Personne n'a incarné comme lui le refus du compromis aussi bien en art, en politique qu'en morale.

Il a traversé toute une histoire du théâtre. Dans la période d'avant-guerre, proche des surréalistes, il a été l'assistant d'Antonin Artaud, qu'il aimait profondément tout en portant sur lui un regard extrêmement lucide et en gardant une distance critique.

Puis, parrainé par Jacques Prévert, il est entré au groupe Octobre, très politisé. Il organisait des spectacles dans les meetings, au temps du Front populaire et de la guerre d'Espagne.

Jusqu'au bout (il est mort en 1984), il a gardé la fibre militante, très à gauche. Il me reprochait parfois de ne pas être assez subversif !

C'est par Tristan Tzara qu'il a découvert *En attendant Godot*, qu'il a mis quatre ans de patience obstinée à monter. Il a dit qu'il « jubilait en pensant que cette pièce allait mettre en l'air les quatre cinquièmes du théâtre ».

Jubiler, c'était l'un de ses mots. Il y avait un plaisir extraordinaire chez lui à déclencher la force explosive du théâtre. Sa mise en scène des *Paravents* de Jean Genet, qu'il a pu faire à l'Odéon grâce à son amitié avec Jean-Louis Barrault, est une des plus exemplaires que j'ai vues. Elle faisait avec une clarté admirable la part du politique et du fantasme personnel.

Humainement, c'était un être exceptionnel. J'ai rarement rencontré quelqu'un d'aussi audacieux, d'aussi généreux, d'aussi absolu, absolument fidèle à ses engagements et à ses idées.

Oscar Venceslas de Lubicz-Milosz
Rainer Maria Rilke

Milosz et Rilke sont les deux poètes qui m'ont sauvé de l'étouffement suicidaire de mon adolescence, je l'ai souvent dit. Sauvé d'une espèce de suffocation de l'être en rétablissant les échanges entre le monde extérieur et le monde intérieur.

Rilke correspondait à certaines de mes perceptions intimes, c'est ce qui a guidé mon choix très subjectif pour *Une heure avec Rilke*.

Mais lorsque j'ai monté Milosz, je voulais rendre compte de l'ensemble de son parcours spirituel. Il est passé du dégoût à la révolte, du démoniaque à l'abjection, pour aller vers le monde de la Grâce, où Dieu est intérieur à l'être, où l'on peut enfin communiquer avec le monde et parler aux oiseaux.

Peu de poètes, à mon sens, ont atteint à ce degré l'insaisissable caché derrière les choses et ont su à ce point exorciser les démons de l'enfance. Aucun ne pousse aussi loin le besoin fou de l'amour, la haine de la contingence, le dégoût et l'éblouissement devant la vie. Toute sa poésie évolue entre une sorte de poursuite de l'enfance et l'absolu illimité.

C'est l'un des rares poètes métaphysiques de langue française, un frère de Novalis et d'Hölderlin. Comme l'a écrit Robert Kanters, « il considère l'amour comme une voie de l'initiation, et l'initiation comme un chemin de l'être vers son rétablissement et sa réintégration offerte par le Christ, son retour en un lieu situé hors du temps et de l'espace ».

La solitude, et Pascale

Comme toute chose, la solitude est ambivalente.

Il m'est arrivé, très rarement, de passer une journée entière sans parler à personne. En tant que jeu, ou exercice, j'ai trouvé ce repli dans le désert assez bénéfique. Mais si l'on est dans un état dépressif, la solitude peut être destructrice, nourrir le sentiment d'échec, d'exclusion, de stérilité.

J'ai contracté le goût de la solitude à cause de cette vie pendant la guerre que j'ai évoquée plus haut : dans l'atelier familial, chacun cherchait à défendre son petit territoire pour trouver un peu d'intimité. Il y avait une solitude souhaitée, désirée. J'ai éprouvé la soif si forte d'avoir « une chambre à soi » !

Depuis, je n'ai jamais pu vraiment cohabiter avec quelqu'un.

Pascale avait le même besoin d'indépendance.

Le goût commun de la solitude a fait notre très belle entente. Nous pouvions tout partager, le travail, la vie, les soucis, les bonheurs, et une chambre pour faire l'amour. Mais pas pour dormir.

Au début, lorsque je restais chez elle, je dormais dans la chambre à côté. Ou bien je retournais chez mes parents, à moins d'aller me réfugier dans l'appartement que j'avais acheté pour mes sœurs, au Champ-de-Mars, et où elles n'habitaient plus. À l'époque, le drugstore amenait beaucoup d'agitation, et je fuyais Saint-Germain-des-Prés.

Puis un appartement a été mis en vente dans l'immeuble où habitait Pascale, je m'y suis installé. Nous vivions l'un au-dessus de l'autre, mais pas l'un sur l'autre. Je ne suis pas doué pour la conjugalité.

Pascale ? Elle était ravie. Nous partagions la vie quotidienne, sans aucun étouffement.

Pascale, c'est le seul être avec qui j'ai pu être naturel. D'emblée.

Solitudes partagées

L'univers du poète est profondément solitaire.

Dire des poèmes, c'est organiser une rencontre de solitudes. La transmission orale du poème peut être une passerelle entre la solitude du poète et chacun de nous.

Il faut essayer de faire en sorte que, pendant le temps de la représentation, le poème devienne la propriété de tous, et que le poète ne soit pas seulement le roi de ses pensées, mais qu'il règne sur l'assemblée entière.

Il faut que le comédien puisse faire partager comme un secret le plaisir qu'il a éprouvé en découvrant le poème, c'est pourquoi je suis convaincu qu'on ne peut dire que des poèmes qui vous touchent intimement.

Il faut que sa voix, sa diction, s'ouvrent sur un paysage de mots d'où s'élève un chant, avec son rythme, ses couleurs, ses silences, que ce paysage soit le lieu du poème où l'auditeur pourra se promener en toute liberté, choisissant lui-même ses chemins, quitte à les tracer…

… quitte aussi à s'y perdre.

Anton Tchekhov

Tchekhov, pour moi, c'est une thérapeutique.
Quand je vais mal, je relis ses nouvelles, qui sont inépuisables.
Il suffit de quelques phrases pour vous réconcilier avec l'humanité.
Il éprouvait le même amour pour chacun de ses personnages, et il nous les fait aimer. Il n'écrase jamais personne. Un des miracles de Tchekhov, c'est de nous rendre les médiocres fraternels.

Mort

J'étais très petit, j'avais peut-être quatre ans, je me tenais à un coin de table quand le mot « mort » a surgi. Qu'est-ce que c'est ? On ne revient pas. Alors, on meurt et on ne revient pas ? Non, on ne revient plus jamais.

Je découvrais ce « pays d'où nul ne revient » comme dit Shakespeare. C'était pour moi une chose inconcevable.

Mais sans doute cette menace a-t-elle aussi valorisé ma vie. Elle lui a donné du prix. La vie, c'est cette chance qui vous est offerte et qui ne se retrouvera pas de sitôt.

Peut-être n'y aurait-il pas de création artistique sans la mort, sans la conscience d'un infini de néant.

Car même si l'on croit à une autre vie, ce ne sera plus jamais pareil, on sera peut-être comme un ange, mais on ne sera plus jamais un homme sur cette terre.

Ce qui me paraît le plus pénible dans la mort, c'est qu'elle éteigne un regard singulier, une manière unique de voir et de sentir le monde, qui ne se retrouvera plus jamais.

Quelle est cette présence dont on parle quand on dit parfois de nos morts : « Ils sont là » ? Lorsque

Pascale est morte, il y a huit ans, mes amis me disaient pour me consoler : « Elle est là. Elle est avec toi. » Mais elle n'est pas avec moi ; quand elle était avec moi, elle me surprenait toujours.

Je ne peux pas m'imaginer ce qu'elle dirait, ce qu'elle penserait, parce qu'elle était plus riche que tout cela. Je me ferais alors une idée figée d'elle. Je la figerais une fois pour toutes.

Quand on a vécu quarante-six ans avec un être, il est difficile de l'envisager dans l'au-delà. On se rend compte, par-delà l'absence et l'oubli impossible, de l'irremplaçabilité de la personne humaine. Chaque être est unique et, comme le dit Musset dans *Fantasio*, « c'est tout un monde qui vit et meurt avec lui ».

La chose la plus importante est de se trouver une certaine indépendance vis-à-vis de la mort.

J'aimerais mourir d'une maladie lente qui ne me fasse pas trop souffrir, et qui me laisse le temps de « réviser », étant sorti de l'action.

« Entrer dans la mort les yeux ouverts », dit un personnage de Yourcenar. Sans trop de souffrance, parce que l'excès de souffrance prive du sens. Mais les choses ne se passent jamais comme on le souhaite…

CARNETS INTIMES, NOTES ET CAHIERS

Laurent Terzieff a laissé de nombreuses notes manuscrites que sa famille a bien voulu nous proposer de consulter pour compléter cet ouvrage. Elles se présentent tantôt sous la forme de billets brefs sur feuillets libres, qui se trouvaient éparpillés entre les livres de la bibliothèque, tantôt comme de petits carnets de réflexions personnelles, tantôt comme des cahiers de travail sur les mises en scène, mêlés de brouillons de lettres, de discours ou d'interventions diverses. Ces différents types d'écriture forment la structure simple et souple de cette deuxième partie.

Il y aura, bien sûr, tout un travail d'historien à faire sur ces archives inédites, précieuses pour le théâtre, afin de les dater, de les ordonner, de les situer dans leur contexte, et cela nous promet d'autres ouvrages. Le propos ici n'était que de prendre Laurent sur le vif, plume à la main. Le choix qui a été fait est purement littéraire et résolument subjectif : il tient au charme des phrases, à la spontanéité de certains propos qui font saisir un mouvement de son esprit ou de son cœur, à la consonance de certains autres avec les textes de la première partie. Rien d'autre ne nous a importé que ses coups d'œil personnels, railleurs, agacés, indulgents, interrogatifs ou méditatifs, sur lui-même et sur les autres.

C'est est une vertu de
l'esprit pratique et la
pratique de toute vertu exige
un certain ascétisme = un
dépassement définitif de la
nature haïssable en moi.
le moi doit devenir oublieux
de soi-même.

— cette naïve estime de
soi-même qui pousse
à faire de soi-même
l'unique critère de
la vérité —

— "j'écris parce que j'ai le
don — et il n'y a pas d'autre
réponse —

Ne pas confondre ce qui est
que instinct spiritualisé
et publier valorisé dans
un choix éthique et
existentiel

Une grande œuvre ⟨?⟩ comme
Bernanos ne s'adresse
pas seulement aux esprits
cultivés mais à
tous ceux qui cherchent
à approfondir leur sens
du mystère au contact
de la réalité et leur
sens de la réalité
au contact du mystère
la réalité romanesque
doit être à la fois lucide
et mystérieuse

---

la morale
médiatico-écologico
humanitaire = dictature
des bons sentiments

le principe de
précaution =
Ormesson. majeur
d'une bourgeoisie
apeurée et frileuse.

si risque
zéro = ne plus
rien faire — voire
entreprendre

Bernanos = si
l'optimiste est un
imbécile heureux,
le pessimiste est un
imbécile malheureux

Carnets intimes

Les captatifs prennent plaisir à demander et à recevoir.
Les oblatifs préfèrent offrir et donner.

*

« Condamnés à expliquer le mystère de leur vie, les hommes ont inventé le théâtre, qui pour un instant semble nous promettre le secret du monde. Il abolit le temps et l'espace, il peut enfermer l'éternité dans une heure ou étendre une heure jusqu'à l'éternité. » (Louis Jouvet)

*

On ne nous doit rien : remède contre l'aigreur et le ressentiment.
Nietzsche : l'art tué par le ressentiment.

*

J'étais un adolescent suicidaire et torturé, mais j'ai survécu quand j'ai réalisé que le monde n'est pas le royaume de la justice, qu'on ne me devait rien, que je ne devais rien, et que ma liberté de donner était régie par la gratuité et non par devoir.

*

Je n'ai jamais été naturel avec un enfant, malgré l'envie que j'en éprouvais, et la prescience très précoce du déséquilibre évolutif et empirant que provoquerait chez moi le manque de progéniture.

*

Saveur du monde visible.
Singularité de chaque personne humaine.
Émerveillement (étonnement ?).

*

Provoque l'acteur pour l'amener à trouver lui-même sa propre vérité.
Précéder la pièce.

*

Flannery O'Connor.
Art : moyen d'écrire quelque chose qui vaille par soi-même et agisse par sa seule vertu.
Cet art-là se fonde sur la vérité à la fois dans sa forme et dans son contenu.

Mille détails concrets qui actualisent le mystère de notre situation sur terre.

―――

Ouvrage réputé symbolique : on aborde le sujet comme l'énoncé d'un problème algébrique : trouver x – et quand on a trouvé cette abstraction, cet x, on en retire un sentiment d'intime satisfaction et l'impression d'avoir compris. On confond le processus d'intellection d'une chose et l'intelligence qu'on en a.

―――

Si le livre est bon, il se passe plus de choses qu'on en peut appréhender d'emblée, et plus que l'œil n'en peut saisir : différents niveaux de signification.
Les commentaires médiévaux de l'Écriture distinguaient 3 sortes de significations : littérale, allégorique, anagogique.

*

Quiconque survit à son enfance dispose d'une assez longue information sur la vie pour le reste de ses jours.

*

L'art est une vertu de l'esprit pratique, et la pratique de toute vertu exige un certain ascétisme : un dépassement de la nature haïssable du moi. Le moi doit devenir oublieux de soi-même.

*

Cette naïve estime de soi-même qui pousse à faire de soi l'unique critère de la vérité.

*

J'écris parce que j'ai ce don : il n'y a pas d'autre réponse.

*

O'Connor, suite.
Une grande œuvre romanesque ne s'adresse pas seulement aux esprits cultivés mais à tous ceux qui cherchent à approfondir leur sens du mystère au contact de la réalité et de la réalité au contact du mystère.

———

La réalité romanesque doit être à la fois lucide et mystérieuse.

*

Comment faire survivre à la morale la jubilation qu'il y avait à la transgresser ?

*

Le réalisme mal compris est la copie de la réalité. L'art, c'est la vie, et la vie refuse ce monde des apparences, c'est pourquoi l'art refuse et brouille les apparences et que la transposition est nécessaire.

*

La poésie a besoin de la contingence quotidienne comme la révolte a besoin d'un ordre à détruire.

*

Si la poésie est la raison en vacance, elle a besoin de la raison.

*

J'ai l'impression de vivre une mauvaise pièce en vivant ma vie.
De même que j'ai l'impression d'un mauvais roman lorsque je me la raconte.

*

Le plus beau des psychodrames doit être celui qui réunit pour la première fois un homme et une femme par les soins d'une agence matrimoniale. L.T.

*

De Gaulle :
les Français restent attachés à deux valeurs : l'égalité et les privilèges.

*

Mai 68 : au nom du principe d'égalité, il faut en finir avec les vestiges aristocratiques : grandeur, beauté, Haute culture.
Révolution mimétique : tout le monde faisait comme tout le monde.
Bigoterie égalitaire.

*

Anouilh : indémodable et toujours un peu suranné, il habitait le théâtre comme un fantôme ou un machino.

*

Le théâtre doit donner l'impression qu'il n'a jamais été écrit = double fonction du langage théâtral : la réplique est destinée à la fois au personnage à qui elle s'adresse et au public.
Le langage théâtral peut se définir par un double écart : par rapport à la langue écrite, par rapport à la langue parlée.

*

Faire œuvre poétique, c'est d'abord nommer les choses avec amour, l'amour qui fait fraterniser notre cœur avec les cailloux du chemin.
— Bachelard : le monde n'est pas de l'ordre du substantif mais de l'ordre de l'adjectif.

*

La poésie n'est pas un supplément d'âme, comme disait Bergson à propos d'ailleurs de tout autre chose, ce n'est pas non plus la raison en vacance, ou quelque chose que l'on ajouterait à notre vision des choses pour « faire joli », c'est une ouverture vers cette face invisible du monde qui existe en dehors de nos représentations et qui nous relie à tout et à tous, qui réconcilie toute chose, même les contraires, jusqu'à nous faire entendre le silence des mots, jusqu'à réconcilier nos rêves de la nuit et le rêve éveillé de nos journées. En visitant le monde à l'intérieur de chacun de nous, elle abolit la coupure originelle entre l'objet perçu et la conscience qui perçoit.

*

Dans la poésie, l'homme cherche cet autre qui gît dans le cœur de son cœur, plus lui-même que lui, et pourtant inconnu, le moi profond de son être, de son âme humaine, et en même temps tout ce qui vaut la peine de vivre pour lui tend vers un seul but (...) dépasser les frontières de son moi personnel, crever l'opacité de sa peau qui le sépare du monde.

Adamov : l'idée du théâtre de la séparation lui est venue avec l'image réelle, au métro Maubert-Mutualité, de deux midinettes qui bousculent sans le voir un aveugle en chantant la chanson de Tino Rossi : « J'ai fermé les yeux, c'était merveilleux. »

*

Blin : pousser l'auteur dans ses derniers retranchements.

*

Le décor dans mes spectacles ne dépasse jamais plus de 50 % du budget total parce que j'aime mieux utiliser l'argent à payer les comédiens pour des répétitions plus longues que de trouver un truc sophistiqué pour le décor.

*

Le peintre américain Hopper : éloquence négative fondée sur l'élimination du sens, la neutralité affective, l'apparente et massive banalité du constat.

L'Amérique de la Dépression et l'optimisme rooseveltien.

Personnages affectés d'aucune passion, aucun malheur sinon de n'avoir rien à se dire.

Aussi mystérieux que Chirico sans le bric-à-brac onirique.

Une tragédie où il ne se passe rien, où les acteurs n'ont pas appris leur texte, d'ailleurs il n'y a pas de texte.

On a planté le décor, le metteur en scène n'est pas venu, ni l'auteur, ni le public.

*

Tocqueville : les Français, « un peuple tellement mobile dans ses pensées journalières et dans ses goûts qu'il finit par devenir un spectacle inattendu à lui-même et demeure souvent aussi surpris que les étrangers à la vue de ce qu'il vient de faire ».

*

Moi : pour se sentir avoir du génie, il faut un opéra = il faut se faire un opéra, il faut se faire un grand cinéma.

*

Théorie de la vision de Merleau-Ponty : le propre du visible est d'avoir une doublure d'invisible, au sens strict, qu'il rend présent comme une certaine absence.

*

… ça dépend des moments… Dans la même journée, je suis un athée qui doute de son athéisme ou un croyant qui doute de sa foi.

Je n'ai pas connu la Foi révélée, ni le sentiment absolu du silence de Dieu et l'indifférence en la matière.

Je pense à Claudel et à son 2ᵉ pilier de Notre-Dame, et à Sartre dans sa cour d'école qui s'entend dire : « Tiens, Dieu n'existe pas. »

Roger Blin disait que c'est parce qu'il n'était pas rationaliste qu'il ne croyait pas en Dieu. Selon lui, il était logique et rationnel de croire obligatoirement en un Dieu créateur.

Notes de lecture et autres

Le Journal d'un curé de campagne
(Bresson/Bernanos)

Ce sont les noces d'un grand roman et d'un grand film.
La symbiose du cinéma et de la littérature.
Pour moi le roman renvoie au film et le film au roman.

Dans sa distanciation Brecht voulait respecter l'intelligence critique du public.
Pour Bresson, elle vise à mettre en valeur le combat intérieur d'un être.
Le théâtre est le lieu où la société discute avec elle-même de façon plus publique qu'au cinéma ou dans le roman. Dans le cinéma de Bresson, c'est l'homme intérieur qui tend à s'imposer par rapport à la contingence.

*

Simone Weil, *La Pesanteur et la Grâce*

« Tous les mouvements de l'âme sont régis par des lois analogues à celles de la pesanteur matérielle. La grâce seule fait exception.

« La grâce ne peut entrer que là où il y a un vide pour la recevoir et c'est elle qui fait ce vide.

« L'imagination travaille continuellement à boucher toutes les fissures par où passerait la grâce. »

Il y a des âmes lourdes et des âmes légères : certaines sont libérées ou peuvent l'être, d'autres en sont incapables.

Les idées et les opinions bouchent le passage.

L'idéal, c'est la neutralité, la transparence.

Torcy : « Un prêtre n'a pas d'opinion. »

Le combat intérieur, c'est la lutte contre la lourdeur, la pesanteur qui est en soi.

*

L'Idiot (Dostoïevski)

Le livre sur une île déserte.

État de fièvre. Je l'ai lu jeune, à 15 ans.

Je pensais que le livre m'apportait un secret : il y avait là autre chose que le monde visible, quelque chose de mystérieux.

Je pense qu'il existe un autre monde que celui de nos représentations, comme le démontre Descartes dans sa 6ᵉ méditation.

Le monde visible n'est qu'une partie de la réalité que nous voyons, n'est qu'une infime partie de sa réalité. La partie émergée de l'iceberg.

Berdiaeff.

Le roman m'a appris que dans l'amour il y avait deux gouffres où sombre l'homme, le gouffre de la sensualité et le gouffre de la pitié. Chez Dostoïevski ces deux sentiments sont exaltés à l'extrême.

Il place l'individu dans des circonstances exceptionnelles.

L'amour volupté et l'amour pitié.

Jamais l'homme ne retrouvera son intégrité perdue ni par la sensualité infinie ni dans la pitié infinie.

Muychkine aime à la fois Nastassia Philipovna et Aglaé.

C'est une nature pure, angélique.

Il aime Nastassia avec une compassion infinie.

L'abîme de sa pitié l'engloutit et le perd.

Et en même temps il continue d'aimer Aglaé d'un tout autre amour.

Il est trop pareil aux anges, il est inapte à la condition humaine, pas complètement homme.

Il est décrit comme portant un masque.

*

Lévi-Strauss

Comprendre cette grande machine symbolique qui rassemble tous les plans de la vie humaine, de la famille aux croyances religieuses, des œuvres d'art aux manières de la table.

*

Jean-Marie Domenach, *Le Retour au tragique*

Les grands systèmes rassurants où les énigmes trouvent leurs solutions, les peines leur consolation.

Les certitudes ne sont pas des tranquillisants que l'on puisse acheter sur le marché de l'intelligence.

La littérature devenue objet de cours ou de tourisme.

Le théâtre : immersion de la culture dans la vie.

Œdipe : le modèle le plus absurde et significatif du mystère tragique : il tue son père et épouse sa mère.

Mystère antérieur à toute religion : le malheur sans raison, la culpabilité sans crime : scandale immédiat, insupportable.

Nietzsche : dans l'ivresse tragique un défi héroïque aux puissances de la mort. Une résolution d'affronter la vie dans sa totalité et jusque dans ses pires catastrophes.

Toute tragédie traduit et raffermit l'aspiration de l'homme à se dépasser dans un acte de courage inouï, à prendre une nouvelle mesure de sa grandeur face aux obstacles, face à l'inconnu qu'il rencontre dans le monde et dans la société de son temps.

*

Emmanuel Mounier, Personnalisme

La personne est un dedans qui a besoin du Dehors.

Je suis plus que ma vie.

Les vérités les plus profondes ne s'approchent que par la ruse du mythe, du paradoxe, de l'humour, ou de la transposition de l'art...

Le refus de tuer n'est pas autre chose que la répugnance à être tué ennoblie par la projection.

Nous n'existons définitivement que du moment où nous nous sommes constitué un carré intérieur de valeurs ou de dévouements dont nous savons que la menace même de la mort ne prévaudra pas contre lui.

*

Sur une émission de télévision

CARICULTURE à la télé : 3 livres en 3 minutes.

Levinas : surpris, assailli, submergé par la vitesse de l'interrogatoire, l'auteur a vu sa pensée réduite à l'insignifiance. Il a dû trouver la force et la présence d'esprit nécessaires pour ne pas collaborer à cette simplification de lui-même : admirable résistance.

Partisans et adversaires de la culture sur le petit écran : débat débile et pseudo-querelle.

« Il faut être bref, efficace, simple. »

Ce qui veut dire en clair substituer à l'activité méditative – pour des questions au monde – un jeu de réponses hâtives et banales.

Bref la télévision propose aujourd'hui à la culture deux morts possibles : l'effacement pur et simple ou la constitution en clichés.

Approximations et réductions sont-ils le prix à payer pour déconfiner la vie intellectuelle et lui ouvrir une nouvelle audience ?

On n'élargit pas le public d'une œuvre en exhibant son auteur et en le frustrant simultanément de toute possibilité d'expression.

Un écrivain qui parle au sifflet, surveillé chrono en main par un journaliste-entraîneur dont la fonction semble être de lui apprendre à accélérer son débit et à raccourcir ses phrases, c'est la culture anéantie sous l'alibi de la culture mise à la portée de tous.

Élitisme et démocratie, dans ce cas, sont des mots piégés qui nous enferment dans une fausse alternative – et si il faut absolument choisir, il devient plus urgent de protéger la vie de l'esprit contre sa propre caricature que de la protéger en la défigurant.

Sous prétexte d'intelligibilité, les paradoxes sont élimés, frottés, reniés, absorbés dans le déjà-vu du stéréotype – et le régime de l'opinion est encore renforcé par cela même qui devrait l'affaiblir.

*

Camus (à la radio)

Fixer l'instant.
Vivre ses contradictions.
Établir l'abstraction à travers l'expérience.
Le ciel est inhumain, la terre est inhumaine, la mort est inhumaine : mais la vie est irremplaçable.
Avoir honte d'avoir honte.

On ne fait rien dans l'anarchie ou l'avachissement physique.

Je ne me suicide pas à cause de la passion : Camus.

La Mort heureuse, d'après Roy le meilleur.

Cahiers

*Notes préparatoires diverses, brouillons
de discours, préparations d'entretiens*

Notes pour une émission de *Ciné-Classique*

Buñuel

Passer de Clouzot à Buñuel : le drame – le naturel.

La caméra de Buñuel : la tête d'un serpent qui tourne autour de sa proie.

Ses dons de médium et de transmission de pensée.

Il a remarqué mon très léger clignement d'œil quand j'étais gêné : aucun autre que lui.

Son athéisme : il doutait de son athéisme. Un athéisme en creux. Ou un athée qui doute de son athéisme.

(« Je ferai venir un prêtre [sur son lit de mort] et on ne saura jamais… »)

Son cinéma ne rappelle rien, ne se rattache à rien, ne ressemble à rien.

Il a dit : « Le cinéma est la meilleure arme pour exprimer le monde des songes, des émotions, de l'instinct. » Moi : avec le cinéma de Buñuel, ça devient vrai.

Il invite à voir avec un 3ᵉ œil de visionnaire.
À la pitié et à l'humanisme, Buñuel préfère la lucidité et la révolte.

Rossellini

Venise : coquetterie ou dérobade (de bouder la Mostra où *Vanina Vanini* avait été coupé) : non ! Il avait raison : le film sans coupures est un chef-d'œuvre.

Paresse de Rossellini : il ne venait pas au tournage[1]. Il avait trois foyers : chaque soir une maison différente.

La préoccupation constante de Rossellini de ramener le texte de Stendhal à la vie la plus quotidienne, la plus vraie. Mon personnage : un solide campagnard.

Visconti se laisse aller aux fioritures d'esthète. De Sica au misérabilisme. Chez Rossellini : la sécheresse du constat. Il s'est tenu à la charnière de la fiction réaliste et du film d'enseignement.

---

1. Il arrivait à Rossellini de perdre des jours de tournage. (Les notes sont des précisions apportées par Marie-Noëlle Tranchant.)

Clouzot

Le travail dans le drame : l'anti-Buñuel.

Univers cruel, âpre et sado-masochiste de Clouzot : les autres, Carné, Autant-Lara, sont romantiques.

Critique sociale plus ou moins anarchisante.

Dans *La Prisonnière*, un amour vrai naît d'une relation d'abord vicieuse et viciée.

Sa manière de travailler. La réunion du matin : tout le monde, même la monteuse.

Une dramaturgie d'entomologiste qui met des personnages en situation et étudie les comportements.

Pasolini

Je l'ai connu scénariste. Je l'ai retrouvé dix ans plus tard (à développer) : il a découvert le cinéma avec *La Notte brava*[1]. Il était inquiet, il nous emmenait dans la zone.

Ostia tourné en plans fixes : peut-être le seul film tourné comme ça par volonté esthétique.

Le meurtre de mon personnage dans *Ostia* : prémonitoire. À dix mètres[2]…

---

1. *Les Garçons*, de Mauro Bolognini, sur une histoire de Pasolini.
2. À dix mètres de l'endroit où Pasolini sera retrouvé assassiné.

Les Garçons : un assez bon film italien qui est devenu un assez mauvais film français, à cause du doublage. Le film était parlé en dialecte romain.

Pasolini : un mélange d'amateurisme[1] et de maniérisme.

*

Rilke

Rilke en un sens est l'anti-Rimbaud qui a tout dit à 17 ans en transcrivant fébrilement ce que lui dictait « l'alchimie du verbe » dans un état de voyance.

Au contraire, pour Rilke le poème est le fruit d'une expérience.

Du poème, le lecteur doit chercher le sens[2].

Le poète éprouve un besoin impérieux de parole sans savoir vraiment ce qu'il veut formuler. Il veut mettre la main sur quelque chose d'encore obscur qui gardera nécessairement une incertitude originelle.

Rimbaud : « Ça veut dire ce que ça veut dire littéralement et dans tous les sens. »

---

1. À entendre au sens noble : Laurent Terzieff considérait Pasolini comme un grand poète, qui s'aventurait librement dans le cinéma.
2. À partir de là, le texte reprend un essai de Jean-Pierre Siméon, *Algues, sable, coquillages et crevettes* (Cheyne éditeur), réflexions du poète destinées aux comédiens.

Le sens du poème n'existe que dans la conjugaison de trois volontés : celle du poète, celle du poème et celle du lecteur.

La volonté du lecteur est décisive, puisque c'est la dernière à s'exercer dans la chaîne de la création = grande responsabilité.

Toute lecture étant une mise en scène mentale, et tout lecteur un interprète du poème, l'élection du sens est non seulement légitime, mais c'est la raison même de la lecture.

Un poème n'a de sens que selon les circonstances de votre vie, la santé de vos artères et la couleur de vos yeux. Le sens du poème est solitaire, arbitraire, ingouvernable.

Les mots ne veulent pas dire ce qu'ils veulent dire, ils veulent dire ce que nous voulons dire.

Un poème n'a de conséquences fertiles que s'il ne signifie pas ce que l'on savait déjà, s'il est un objet imprévu, une loi ignorée, s'il apparaît dans un premier temps comme un non-sens.

D'où la difficulté de la transmission orale du poème.

Si c'est un poème classique, le risque est grand de délivrer à l'auditeur le fameux sens minimum interindividuel garanti : le sens multiple et contradictoire qui est l'enjeu de toute poésie s'efface au profit d'une signification de surface immédiate.

Il faut que le poème dans son oralité ne devienne la possession de personne, soit celle de tous.

Il faut avoir joui du poème pour soi-même, et faire partager sa joie.

*

Richard II, de Shakespeare

C'est le drame d'un homme qui était né poète et que le destin a fait roi.

Yeats : Shakespeare montre dans *Richard II* l'échec qui attend tous ceux, artistes ou saints, qui se trouvent là où les hommes réclament une rude énergie et qui n'ont rien à donner que vertu contemplative, fantaisie lyrique, douceur de caractère, dignité rêveuse, amour de Dieu et amour des hommes.

*

Henri IV, de Pirandello

Je pense qu'il n'est pas exagéré de dire qu'on y retrouve les accents et le souffle de Shakespeare, je pense en particulier à *Richard II* : c'est la tragédie du sens perdu, ce que j'appelle la tragédie de la tragédie impossible : un thème qui m'est particulièrement cher et proche.

Ce qui est nouveau dans *Henri IV* par rapport aux autres pièces de Pirandello (...) c'est que le personnage aliéné tente cette fois de renverser les rapports, il mène sa propre enquête sur une société qu'il juge absurde, pour survivre, pour exister.

Au lieu de se replier sur lui-même comme dans les autres pièces de Pirandello, le personnage tente de modifier les autres, d'imposer sa propre vision des choses.

*

Meurtre dans la cathédrale, de T. S. Eliot

T. S. Eliot réduit sa pièce, *Meurtre dans la cathédrale*, à la simple formule : « un homme rentre chez lui, tout en prévoyant qu'il sera mis à mort, et on l'assassine ».

———

Selon Valéry, l'esprit européen a été formé par la philosophie grecque, par le sens pratique, l'ordre et le droit romains et par le christianisme.

Henry James, Ezra Pound et T.S. Eliot : ces trois grands Américains qui ont pu voir l'Europe de loin, de l'extérieur, avant de s'y assimiler.

Il y a dans *Meurtre dans la cathédrale* une tentative unique de faire se conjuguer au théâtre le dogme chrétien du péché originel et les mythes grecs du destin.

On nous a enseigné dans les écoles que la tragédie consiste en l'affrontement de la liberté et de la fatalité, mais comme le remarque Jean-Marie Domenach : la tragédie nous mène vers une contradiction plus profonde, plus intérieure : cet autre qui me domine est moi-même, à un degré mal connu de moi : le destin est liberté et la liberté destin.

J'ai eu cette pensée constamment à l'esprit en abordant les quatre scènes des tentateurs où Thomas Becket purge sa conscience en dialoguant avec ses propres fantômes, passés, présents et à venir. On peut dire qu'à travers la personnalité de l'Archevêque, Eliot met en avant un sens de la prédestination janséniste qui remplace et prolonge le fatalisme du théâtre grec.

Critique et théoricien de la poésie, Eliot ne l'aborde pas en « voleur de feu », mais il considère avec prudence que son influence sur notre vie intérieure « peut nous rendre de temps à autre un peu plus conscients des sentiments plus profonds et anonymes qui constituent le substratum de notre être, où nous pénétrons rarement car nos vies sont surtout une évasion constante de nous-mêmes ».

N'est-ce pas une façon pudique d'exprimer notre besoin de plonger, à travers le rêve du Poète, dans les eaux profondes de notre conscience, à la recherche, sinon d'un hypothétique trésor, du moins de ce que nous sommes vraiment et qui pèse si fortement sur notre poitrine ?

———

FLORILÈGE[1]

Aragon

Il aura été le dernier pour moi à faire entendre la beauté en tant que produit pur du langage.

Il résume la poésie française de Villon à lui-même en passant par Ronsard, Verlaine et Péguy. C'est le dernier grand poète lyrique.

Il réinvente le mythe de l'amour fou à travers l'image mythique du couple d'amoureux célèbres qu'il incarne avec Elsa.

Le poète Jean-Pierre Siméon dit une chose très vraie : il n'y a pas un seul mauvais vers chez Aragon, même si certains ne sont là que pour le souffle, la cadence, l'assonance.

Ce que je retiens personnellement en tant qu'acteur, c'est son sens du phrasé. Une langue qui s'ouvre sur la musique. Une musique qui peut être parlée.

Je suis de ceux qui pensent que, si Brecht a été un grand poète communiste, Aragon est un immense

---

1. Notes préparatoires à son récital poétique *Florilège*, qu'il donnera en 2003 au théâtre du Lucernaire.

poète qui n'est pas parvenu à être vraiment communiste. Ce qu'il cherchait et qu'il a trouvé dans le communisme, c'est la solitude. Non pas l'isolement, qui est une exclusion, mais la solitude du poète qui se tient au bord du précipice où, seul dans sa nuit, il peut faire l'expérience des contraires.

Il est le seul à me faire me poser cette question : la poésie française a-t-elle eu raison d'abandonner la rime ?

Le Bateau ivre sans la rime, qu'en serait-il ?...

Peut-être serait-il moins Ivre, justement.

Adamov

Adamov, dans son théâtre, a mené une réflexion qui est partie de la conception d'un théâtre « littéral », fondé sur la seule évidence physique des gestes et des mots, à celle d'un théâtre où se trouvent exposés et mis en question les rapports de l'homme et de sa société.

Il a toujours été préoccupé de découvrir ce qui unit l'individuel et le social et non ce qui les oppose.

Pour lui, le théâtre est le lieu privilégié pour montrer à la fois le plus général et le plus particulier, la névrose individuelle mais aussi la névrose collective, l'aspect « curable » des choses, ce qui peut être modifié, et l'aspect incurable, ce qui est profondément enraciné dans l'homme et qu'on ne peut pas changer.

Pour lui, il ne faut rien négliger de ce qui est le plus secret, le plus obscur, chez l'homme, ses rêves et ses comportements morbides notamment.

Ce n'est pas au nom d'un syncrétisme rassembleur que Hölderlin, Goethe, Heine, sont présents ici, bien que inconciliables selon Brecht. C'est parce qu'ils cohabitent en moi en s'enrichissant les uns des autres.

Heinrich Heine

Le plus français des poètes allemands, enterré à Montmartre, a consacré une grande partie de son activité à essayer de mieux faire connaître la France aux Allemands et l'Allemagne à la France.

Il se considérait comme un « Romantique défroqué », à la fois destructeur et initiateur d'un nouveau courant.

Brecht dit dans son *Journal de travail* qu'après Goethe, la « belle unité contradictoire » s'est décomposée en deux directions tout à fait inconciliables : avec Hölderlin un courant « parfaitement pontifical », c'est-à-dire empreint de spiritualité, et avec Heine, un courant parfaitement profane.

L'œuvre de Rilke traduit la pensée de Pascal : « Qui sait si cette partie de la vie où nous pensons veiller n'est pas un autre sommeil, un peu différent du premier, dont nous nous éveillons quand nous croyons dormir. »

Dans mon travail en grande partie solitaire sur ce spectacle, il m'est souvent venu à l'esprit cette pensée de saint Benoît : « Soyons présents à la psalmodie de telle façon que notre homme intérieur s'accorde avec notre voix. »

*

Il est impossible de définir exactement ce qui déclenche les larmes et ce que signifient les larmes en tant que manifestation affective et émotionnelle chez l'homme. Comme le rire. Bergson a essayé de le définir : il a échoué, selon moi.

Pour moi en tout cas, les larmes ne sont pas une mesure évidente du malheur et de la détresse. Ce n'est pas forcément au moment où on souffre le plus que l'on pleure. Je pense néanmoins que les larmes correspondent à un sentiment de fatalité, un sentiment d'irrémédiable par rapport au malheur qui se présente. (...)

Le comédien s'investit et ne s'investit pas, s'identifie et ne s'identifie pas. Il ne faut pas s'arracher les tripes.

Je ne cherche pas les larmes, je cherche la densité. La densité affective, par des moyens honnêtes.

Sans densité, il n'y a pas de théâtre, mais au théâtre tout est mensonge, alors il faut savoir tricher honnêtement.

Raimu, acteur exceptionnel, était avare dans la vie, mais il donnait une impression de générosité formidable qu'il avait en lui aussi. C'est cela, le théâtre : pouvoir expérimenter toute la somme des possibles qu'il y a en vous.

*

Jean-Louis Barrault

La vie du théâtre est une vie rêvée à l'état de veille.

Le théâtre parlé est un art expérimental du langage.

(...)
En prenant conscience de ce tragique tapis roulant, le temps, qui donne sur un gouffre noir, la mort, notre angoisse nous impose deux conduites irrationnelles : ou bien nous la sublimons, nous la divinisons, et nous pouvons l'aborder de front : c'est le tragique de la vie, la tragédie ; ou bien nous faisons semblant de l'ignorer, nous la pulvérisons et nous pouvons alors nous livrer à toutes sortes de « gaietés », c'est le comique de la vie : la comédie.

Dans le premier cas nous faisons crédit à la vie, c'est pourquoi la tragédie est plutôt exaltante.

Dans le second cas, il faut fuir un peu devant la vie, c'est pourquoi la comédie n'est pas tellement gaie.

La tragédie et la farce sont les deux visages opposés de la commune peur, de la stérile angoisse.

Le théâtre est le premier sérum que l'homme ait inventé pour se protéger de la maladie de l'angoisse.

Contre la solitude, les hommes se rassemblent. D'une part ils se coagulent et forment cette pile magnétique qu'est le public. D'autre part ils se rassemblent pour imaginer tous les drames d'une vie « blanchie » reconstituée.

Au cours de la représentation, la maladie sous forme de vaccin est inoculée en chacun. L'art consiste à métamorphoser la maladie en vaccin, en sérum. Sinon l'inoculation devient contagion.

Pour jouer, l'homme est son propre instrument.

*

Claudel[1]

Quand on demande à Jean-Louis Barrault quel est le plus grand auteur dramatique français contemporain, il répond sans hésiter : « Claudel. »

---

1. Ce texte provient de deux feuilles dactylographiées retrouvées dans des papiers divers. En tête, de sa main, est rédigé : « Texte du programme pour la tournée en Amérique en mars 1969. Propos sur Paul Claudel par Laurent Terzieff. » *(N.d.E.)*

Je crois que je ferai la même réponse en ajoutant seulement « hélas », d'abord parce que Claudel fut très vite – après une courte période d'adolescent écorché – un homme du oui : il chante mieux que personne l'instinct sauvage et l'esprit de révolte qu'il célèbre avec autant de vigueur les vieilles valeurs bourgeoises oppressives.

Alors que la plupart des poètes lyriques ont axé leur œuvre sur le déchirement qu'ils éprouvent entre l'éblouissement de la vie et le dégoût (Rimbaud), Claudel réunit dans un même amour les forces de conservation et de destruction, tout ce qui illustre le passage de l'homme sur terre : l'ordre, la révolte, le bruit et la fureur, la tendresse et la douceur, la force maîtrisée. Quand il s'agit d'une œuvre comme *L'Échange* où le génie du poète atteint cette universalité de l'homme et cette totalité absolue, cela est admirable.

Dans des œuvres plus situées dans le siècle et dans l'Histoire, ce « oui » inconditionnel est pour moi un peu irritant – Claudel devient l'homme qui dit oui à l'ordre et oui au désordre, il chantera comme nul autre la Révolution française (Turlure dans *L'Otage*) tandis qu'il célébrera aussi bien l'État bourgeois, seul dépositaire pour lui des valeurs morales de la chrétienté. (Sur un plan plus privé, certains l'accuseront d'avoir dit oui à Pétain et oui à de Gaulle.)

Dans mon « hélas », il y a aussi le regret que Claudel soit le seul – pas un, à mon avis, ne l'égale en France –, aucun poète de la scène n'atteint cette luxuriance poétique et son souffle colossal.

À une époque où l'action dramatique dans le théâtre moderne est de plus en plus un combat entre le personnage et son langage préfabriqué, il est réconfortant de renouer avec Claudel chez qui l'homme est réconcilié avec le verbe [ou Verbe, les deux lettres sont superposées] où l'âme s'adresse à l'âme et exprime l'âme directement.

On peut dire qu'en France, beaucoup d'acteurs éprouvent un plaisir à jouer Claudel, voisin de celui que doit éprouver un acteur de Shakespeare ayant la chance de pouvoir l'interpréter dans son texte original.

Il est particulièrement émouvant pour nous de jouer cette pièce[1] sur le continent qui l'a inspirée.

[...]

Enfin, il y a le personnage de Thomas Pollock Nageoire. Il semble qu'à travers ce personnage, Claudel fasse la découverte d'une nouvelle conception de l'argent – en France, à cette époque, on met ses écus dans un bas de laine – pour T. P. Nageoire, l'argent n'est rien d'autre que de l'énergie en mouvement, un moyen d'affirmer sa puissance, de s'illustrer dans l'action, de se prouver soi-même. Il lui fait dire : « J'ai été ruiné plusieurs fois dans ma vie et presque toujours par ma propre volonté : c'est un plaisir comme de vivre que de prendre une affaire et de la suivre jusqu'au bout... » Et cette phrase qui est prémonitoire, quand on pense à l'époque où elle a été écrite : « Si, il y a de tout ici, prenez à même – ils

---

1. Il s'agit de *L'Échange*.

grouillent noir là-bas, ils n'ont plus assez à manger... Montez sur une chaise et mettez votre nom sur votre chapeau... » Il est des moments où la vérité prophétique du poète vaut toutes les prévisions de la science ou de l'historien.

*

L'auteur de théâtre doit savoir parler du monde pas comme tout le monde, afin de révéler le monde à lui-même et permettre à l'homme de réfléchir sur lui-même et la société dans laquelle il vit.

*

Remerciement pour le Molière posthume décerné à Pascale de Boysson (pour son adaptation du *Regard* de Murray Schisgal)

C'est sur le tas, et souvent dans l'urgence que, dans le cadre de ses activités de comédienne, au sein de notre compagnie, Pascale de Boysson a été amenée à traduire les textes de Schisgal, Saunders, Friel et d'autres...

Elle l'a fait avec, à la fois, une grande humilité et une insolente facilité, ne cherchant pas la ressemblance à tout prix à travers des équivalences convenues, mais au contraire imposant une différence, parfois des dissonances, en creusant un sillon dans notre langue d'accueil, en l'enrichissant d'un son nouveau, de la tonalité du chant d'un auteur venu d'ailleurs.

Il m'est encore difficile de parler de Pascale. J'y ressens la maladresse du cambrioleur qui se verrait obligé de forcer son propre coffre-fort, comme il est dit quelque part dans un roman de Faulkner.

Je dirai seulement que je considère ce prix comme un dernier hommage de la profession à Pascale de Boysson, à cette vie indépendante, généreuse et gratuite qu'elle s'était donnée.

*

Sur le théâtre amateur

Je me suis entièrement retrouvé dans ce cultivateur acteur qui dit que le théâtre l'a pour ainsi dire ouvert au monde : il a vaincu sa timidité, il y a rencontré sa femme.
Ce que j'aime dans le théâtre amateur, c'est la joie d'être sur le plateau. L'acteur professionnel est à la fois passionné d'être sur le plateau, mais en même temps plein de souffrance et d'appréhension.
L'amateur est heureux, tout simplement.
Ce qu'il y a de commun à l'amateurisme et au professionnalisme : superposer à la réalité présente une réalité imaginaire par le jeu, par plaisir, est une tournure d'esprit commune à tous les êtres vivants, hommes ou bêtes.

L'homme dans sa lutte continuelle pour la vie a commencé par des danses, des cris, des chants, des incantations et des imitations guerrières pour s'approprier la force de ses ancêtres et la puissance de ses ennemis. Il s'agissait de conduites extrêmes, disons magiques.

J'ai envie de dire à ces gens : c'est merveilleux, ce que vous faites, mais essayez de trouver des textes qui reflètent votre propre histoire, où vous vous retrouvez vous-mêmes.

Vous aimez le mélo : c'est très bien, mais que ce mélo soit un miroir tendu à l'image de votre propre vie.

*

FEUILLETS LIBRES[1]

Non ! Non ! Non !
L'acteur ne doit pas violer le texte, il doit se laisser violer par lui[2].

*

Le langage doit donner une armure à la pensée car la pensée est vulnérable.

---
1. Ces fragments de texte se trouvaient sur des feuillets éparpillés dans la bibliothèque de Laurent Terzieff. *(N.d.E.)*
2. Le reste est difficilement déchiffrable, quelques phrases incomplètes. *(N.d.E.)*

Je suis un enfant
qui s'amuse
doublé d'un pasteur
protestant qui l'ennuie.

REGARDS

Laurent, à vingt ans, chez son père, le sculpteur
Jean Terzieff. Un atelier 1930 avec huit mètres
de hauteur sous plafond et une mezzanine qui faisait penser
à une corbeille de théâtre. C'est depuis
cette fenêtre que, quelques années plus tard,
sa sœur Odile se jettera dans le vide.

Laurent et sa mère dans les rues de Toulouse,
au sortir de la guerre. Laurent porte son béret de scout.

Laurent et sa sœur aînée Odile, dont il parle comme d'un grand frère. C'est elle qui l'entraîne à la Comédie-Française. 1948, une piscine à Toulouse.

Laurent et Pascale de Boysson. Quarante-sept ans de complicité dans la vie comme au théâtre.

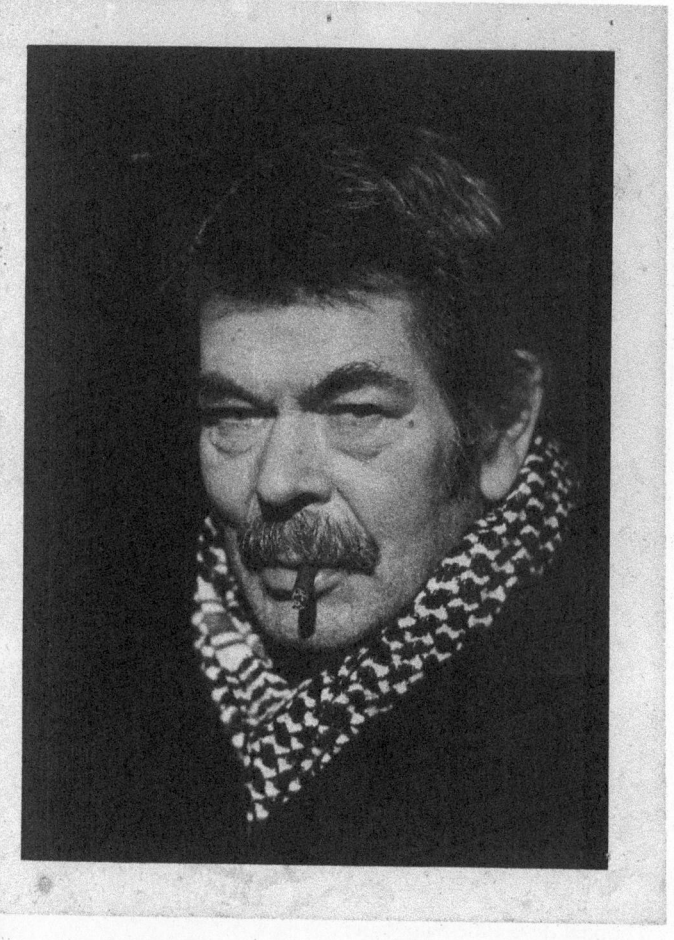

Roger Blin (1907-1984), le père spirituel,
le conseiller, le mentor, l'ami...

Le danseur étoile Rudolf Noureev
un modèle pour Laurent.
Le théâtre impose
à l'acteur une discipline sans faille
cette photo ne quittait pas sa tabl
de travail.

Les écrits de Louis Jouvet, Laurent
les gardait constamment avec lui.
Ils étaient encore sur sa table à
l'hôpital de la Pitié-Salpêtrière
le jour de sa mort.

A l'occassion du Centenaire de la Naissance de LOUIS JOUVET Morceaux choisis à l'usage des anciens et nouveaux élèves du Conservatoire National d'Art Dramatique

POINT D'ORGUE

Un manifeste pour le théâtre

Pour moi, faire du théâtre, c'est bien sûr exploiter et détourner dans un but artistique l'instinct ludique qui existe chez chacun de nous. Le ludisme est à la base non seulement du genre humain mais encore du règne animal dans son ensemble. Les animaux jouent pour apprendre à trouver leur nourriture et à se défendre. Les enfants des hommes jouent également, non seulement pour développer leurs réflexes fondamentaux de conservation, de défense et de perception, mais aussi pour déployer leur affectivité, leur subjectivité. Ils jouent pour tenter de comprendre la vie, en tout cas pour apprendre à vivre. Le jeu est l'apprentissage de l'existence.

À un stade plus développé, plus « spécialisé » si on peut dire, existe le théâtre. J'imagine que c'est parce que le monde se présente d'abord à l'homme comme l'ensemble de ses représentations, que le mot « représentation » désigne une manifestation théâtrale.

Un jour, un être humain s'est propulsé au centre du cercle ou bien est monté sur une chaise ou sur une table et il s'est mis à raconter une histoire à ses amis, à ses proches, à ceux qui se trouvaient là. En s'identifiant aux personnages qu'il évoquait, en les incarnant, en les représentant, en se donnant ainsi en spectacle, il a créé une représentation théâtrale, pour faire rire, pour émouvoir, pour partager, pour dénoncer, pour mettre en garde, par exhibitionnisme, histrionisme ou pour tout autre désir de s'affirmer vis-à-vis des autres, qui sait ? Mais aussi, peut-être, grâce au miroir d'existence que le public donnait à son action pour mieux considérer son histoire, la mettre en perspective, en dévoiler les apparences en la reconstituant, en menant une enquête, face au public, sur ce qui peut être perçu derrière et au-delà des apparences du récit. Et par là même, peut-être, de façon inconsciente, aléatoire ou utopique, tenter de débusquer, de révéler une partie de ce qui peut bien exister au-delà de notre représentation du monde puisque le monde réel existe aussi en dehors et au-delà des perceptions et représentations que nous en avons, ainsi que le démontre Descartes, laborieusement peut-être, mais génialement tout de même, dans sa sixième Méditation.

De même que l'homme est le moyen par lequel les choses se manifestent à travers sa conscience, de même le théâtre pourra-t-il être un moyen donné à l'homme pour aller au-delà de sa perception du monde en lui attribuant ce que nous pourrions appeler un « troisième œil » de visionnaire. Plus simplement, il convient avant tout de se mettre à l'écoute du monde, d'en devenir la caisse de résonance. J'étais un garçon très introverti et le théâtre m'a en partie guéri de mon introversion en me faisant accepter, en l'intériorisant, l'image d'un monde que je ressentais comme hostile, en même temps que j'extériorisais un monde intérieur qui m'habitait et qui pesait trop fortement sur ma poitrine d'adolescent.

Je pense que faire du théâtre, c'est tendre au public un miroir qui reflète l'histoire de la vie des hommes à travers l'expérience du langage, je dirais même, à travers l'expérience sans cesse renouvelée du langage. Je suis conscient que des gens de théâtre, et non des moindres – je pense à Stéphane Braunschweig que j'admire beaucoup – récusent la métaphore du miroir, parce qu'ils craignent qu'elle véhicule une idée naturaliste du théâtre. Braunschweig, si je l'ai bien compris, préfère interroger le réel à partir du théâtre, soumettre la réalité à la théâtralité. Je comprends son appréhension, je partage tout à fait sa démarche et son aversion pour le naturalisme. Mais pour moi, la théâtralité, c'est le miroir ! Seulement, il y a miroir et miroir... il y a les bons et les mauvais miroirs, avec ou sans tain. Si le tain du miroir s'exprime par le filtre d'une écriture signifiante du langage, il risque de nous étonner de ce qu'il réfléchit... et de s'étonner lui-même. En nous révélant ce qu'il y a derrière les apparences, il nous fera pénétrer à l'intérieur de lui-même. Il en deviendra peut-être déformant ou déformé, mais révélateur. Ou bien il sera un miroir devenu fou comme dans le théâtre de Pirandello, ou bien il sera le miroir qui va piéger la conscience du roi dans *Hamlet*. N'oublions pas non plus que Jean Genet a fondé toute son œuvre théâtrale sur une théorie du reflet qui d'ailleurs n'est pas incompatible avec la théorie de la réflexion, fondamentale aussi chez Brecht. Reflet, réflexion, réfléchir.

Il me semble que les mots parlent d'eux-mêmes. Si dans un espace lexical aussi voisin (ou restreint), ces mêmes mots s'appliquent aussi bien à l'homme qu'au miroir, c'est que le miroir symbolise d'une certaine façon, mais d'une façon inégalée et indépassable, la manifestation de l'homme dans sa volonté créatrice de représentation du monde (nous y revenons toujours), quand il dialogue avec la réalité perçue, qu'il en témoigne, qu'il en rend compte. Si la métaphore est prise dans ce sens, nous ne risquons pas de nous trouver face à la photographie peinte de la réalité dans sa représentation formelle, et par extension, dans sa forme exagérée : le naturalisme et le vérisme.

Je sais qu'il existe aussi un théâtre qui refuse de refléter quoi que ce soit, qui tourne le dos à la réalité, pour créer de toutes pièces une autre réalité, un autre monde doté d'une énergie propre. Cette invention pure du poète peut être, soit fausse, gratuite et ennuyeuse, soit volontairement détentrice d'une vérité intérieure du monde révélé par la poésie. D'un autre côté, le miroir grossissant de l'hyperréalisme, peut être, lui aussi, créateur. Le miroir est créateur, quand il est révélateur et signifiant, quand il est seulement imitateur il n'est rien d'autre que le duplicata de la réalité.

À propos de réalité, il n'y a paraît-il de concret dans l'existence que le présent. Et par dérision, c'est justement le présent qui est insaisissable. Le présent, issu de la montre et du calendrier ne peut pas être perçu par l'esprit de l'homme : il n'est que du passé en train de se faire. Si le présent était captable et disposé à être mis tel quel au réfrigérateur de la mémoire, Proust n'aurait pas éprouvé le besoin d'écrire une ligne. Mais au théâtre, miraculeusement, il peut arriver qu'une certaine conscience du présent soit possible. Au théâtre, le présent peut devenir saisissable parce que le théâtre est avant tout – comme le disait Adamov – « Un temps réinventé dans un espace transfiguré ». Cette réinvention du temps, segmenté, cerné par la durée de la représentation, et cette transfiguration du lieu circonscrit par l'espace scénique devenu l'extra-territorialité de notre conscience, font que la dialectique espace-temps devient une donnée saisissable pour l'imaginaire collectif du public et des acteurs.

Le théâtre a un effet cathartique et sublimant. Il valorise et enrichit nos pulsions et nos sentiments dans notre vie quotidienne. Il élargit notre perception et notre conscience des choses. Même quand il prend un aspect désespéré et désespérant, il donne à notre conscience désespérée, à notre désespoir personnel, une dimension, en même temps qu'une distance qui nous aide à affronter le monde absurde et cruel.

La particularité irremplaçable du théâtre, c'est qu'il se présente comme une expérience collectivement vécue, grâce avant tout à la présence physique réelle des acteurs sur le plateau qui fait que le public devient lui-même un collectif extrêmement vivant : ce que j'appellerais une unicité plurielle, et non pas une foule solitaire comme par exemple au cinéma. Cela entraîne de la part de ce public un consensus différent tous les soirs, non seulement sur la valeur, mais aussi sur le sens de la pièce. Quelles que soient les idées préconçues qu'il avait avant de pénétrer dans la salle de théâtre, ce même public va se sentir, non seulement juge de la valeur du spectacle, mais encore responsable de la signification qu'il va lui-même lui donner. Tout spectateur de théâtre est un spectateur engagé. On a beaucoup parlé de théâtre interactif, mais de tout temps le théâtre a été ou aurait dû être interactif, à mon sens cela relève du pléonasme.

Pour moi, le théâtre est avant tout le lieu où se rencontrent le monde visible et le monde invisible, le lieu où mes fantômes espèrent bien rencontrer ceux du public, sinon, ce que je propose, restera, c'est le cas de le dire, « fantomatique ». C'est le lieu où se rencontrent l'action concrète et l'imaginaire, où la présence vivante et réelle de l'acteur se conjugue avec la réflexion et la poésie, la conscience et l'inconscient du rêve, c'est le lieu de communion du visible et de l'invisible, je ne récuse pas la connotation religieuse de la formulation.

Je suis, en tant que metteur en scène, profondément attaché au théâtre contemporain, parce que s'y affirme la non-permanence de l'être, sa discontinuité, l'effroi de chacun devant la perte de son identité et son angoisse dans sa recherche pour la retrouver. Les personnages de ce théâtre échappent au déterminisme psychologique et à la typologie. Ils ne sont pas un, mais mille (Pirandello). Ils sont imprévisibles. Ils ne sont pas ce qu'ils sont et ils sont ce qu'ils ne sont pas. Avant eux, il y avait le Roi et le Bouffon. On peut dire que dans le théâtre du siècle qui vient de s'achever, l'un et l'autre ne sont plus qu'un. Le Héros positif est devenu négatif, tandis qu'une dissonance entre le comique et le tragique, ainsi qu'un sentiment de déréliction et d'absurde envahissent son discours.

La tragédie qui se définissait comme l'affrontement de la liberté et de la fatalité n'est plus que le pressentiment d'une culpabilité dont la cause est ignorée, mais dont l'évidence ne fait pas de doute. Depuis que les dieux ont fui le plateau, ce qui est tragique, c'est que la tragédie soit devenue impossible : là où elle devrait apparaître, l'esprit de dérision qui l'a devancée a déjà pris sa place et le destin tragique prend des allures de farce. Au milieu du siècle dernier, est apparu Samuel Beckett. Avec *En attendant Godot* – comment continuer – et *Fin de partie* – comment en finir – il semblait que tout avait été dit. Mais la terre continue de tourner, les clochards de *Godot* continuent d'attendre et la *Fin de partie* n'en finit pas de finir. Tout n'a pas été dit.

Le personnage de théâtre, image de nous-mêmes, ne peut vivre dans une apesanteur métaphysique, il continue de s'engager dans l'action et la transformation du réel pour aller plus avant dans sa connaissance de l'homme et du monde. Le théâtre contemporain exprime l'intersubjectivité de notre époque, ses personnages sont le produit incarné de notre inconscient collectif.

Je ne me sens pas concerné par la lecture nouvelle des classiques, issue de la dialectique brechtienne, pas plus que par la relecture historique ou marxiste du répertoire par des dramaturges ou des professeurs. Par ailleurs, tout travail sur un classique est forcément référentiel : nous décelons beaucoup plus clairement l'apport personnel d'un metteur en scène à partir d'un texte que nous connaissons déjà. Cet aspect référentiel me dérange : il produit souvent une complicité intellectuelle entre le spectacle et le public qui tient un peu du clin d'œil.

Je pense aussi que le théâtre contemporain ne doit pas s'attacher à l'actualité immédiate : il doit se situer en avant ou en retrait par rapport à l'événement. La vision théâtrale de l'histoire est panoramique, par rapport au temps. Elle doit être celle que nous aurions des rives d'un fleuve lorsque nous nous trouvons sur un bateau qui avance. Mais j'éprouve une forte attirance pour les pièces qui interrogent notre époque parce qu'elles peuvent modifier notre histoire. On a souvent glosé là-dessus, mais je pense profondément que la réalité vécue entre dans le monde des idées, ne serait-ce que par le biais du débat et de la réflexion dont se nourrit l'action théâtrale, et les idées à leur tour, modèlent l'histoire.

Mais je constate qu'il est de plus en plus difficile de nos jours d'écrire pour le théâtre. Je sais qu'il faut être prudent en affirmant cela, car enfin, que nous reste-t-il vraiment du théâtre du XVIIe à part Corneille, Racine et Molière ? Du XVIIIe sorti de Marivaux et Beaumarchais ? Mais je parle d'autre chose, de la difficulté à écrire, comme si un phénomène d'aphasie paralysait l'instinct créatif de l'auteur. J'en perçois peut-être les causes. Je disais plus haut que le théâtre avait une fonction sublimante, or, ce qui fonde une collectivité, une ethnie, un pays, une nation, c'est l'adhésion à certaines coutumes, certains types de comportement, une certaine philosophie, un certain idéal, à des croyances religieuses communes, l'adhésion à un même langage, fondée sur le respect de cette langue. Bref, un ensemble d'échelles de valeurs que l'évolution de la vie a tendance à tourner en dérision. C'est pourquoi nous avons un théâtre de la dérision, un théâtre de la séparation, un théâtre de l'absurde, de la déréliction et du non-sens.

Bien sûr, l'absurde et la déréliction étaient déjà induits dans Shakespeare. Mais ce qui fait l'universalité du théâtre de Shakespeare, c'est qu'il se maintient toujours dans une extrême tension, parfaitement équilibrée, entre l'éblouissement devant le miracle de l'existence et parfois la beauté de la vie, et l'anathème jeté sur un monde de souffrance, d'injustice et de barbarie, un monde voué à l'échec, à l'angoisse et au scandale de la mort. Cette extrême tension entre ce que j'appellerais le monde du « oui » et le monde du « non », a tendance à disparaître dans le théâtre contemporain pour faire place uniquement au monde du « non », au monde de la rupture et du pessimisme.

À mes débuts dans le théâtre, j'ai été confronté aux deux grands courants qui irriguaient la dramaturgie moderne de l'après-guerre : il y avait d'un côté la critique politique et sociale avec Brecht et ses épigones, et de l'autre, la déréliction, la cruauté et l'absurde, avec Beckett, Ionesco, Adamov – première manière – Vauthier et d'autres, donc, d'une part, une vision désespérée et désespérante, fascinée par le néant. Cette dualité du théâtre de l'époque, je l'ai découverte et pratiquée grâce aux metteurs en scène avec qui j'ai eu la chance de débuter : Roger Blin,

Jean-Marie Serreau, Marcel Cuvelier, Michel Vitold. Car curieusement, ces deux formes contradictoires et même antagonistes du théâtre, étaient souvent exploitées par les mêmes metteurs en scène.

Quand, par la suite, j'ai abordé moi-même la mise en scène, j'ai essayé de découvrir des auteurs contemporains qui tiennent compte de ces deux aspects fondamentaux de l'existence : le monde intérieur et le monde extérieur, l'homme jeté dans le monde, l'homme qui se bat, travaille, aime, communique et l'homme intérieur qui se regarde et s'interroge, avec ses aspirations, ses rêves, ses doutes, ses angoisses, donc le rêve et la réalité, le conscient et l'inconscient, l'homme public et l'homme privé. Un théâtre simple et ambigu, susceptible de trouver le rapport entre la névrose individuelle et la névrose collective. Un théâtre dont les personnages ne seraient pas des archétypes, qui, comme dans la vie ne seraient les clones de personne, qui ne flotteraient pas en dehors de l'espace et du temps, mais appartiendraient à une époque et à un milieu donnés et auraient cependant leur mystère et leur unicité, exilés dans un monde imparfait mais situé. Ce théâtre pourrait alors nous restituer ce qu'aucun des aspects scientistes de la pensée ne peut nous dévoiler : que ce soit la philosophie, la psychologie, la psychosociologie, la psychanalyse ou le structuralisme. Ce quelque chose, c'est le visage intérieur d'une société, ce que Sartre appelait le « goût de l'époque ». Ce goût, l'époque ne serait plus la seule à l'avoir goûté. Cette forme de théâtre est possible, à condition de tenir compte des événements importants que nous traversons, de ne pas négliger le texte, de ne rien céder sur la poésie. C'est le plus important.

Je n'aime pas beaucoup personnellement, le terme « théâtre d'art » par opposition à « théâtre de boulevard » ou de « divertissement », bien qu'il ait été utilisé par les plus grands. Est-ce que nous disons « musique d'art » ou « peinture d'art » ? De plus, cela laisserait sous-entendre qu'au départ, le théâtre n'est pas un art, comme la photographie ou la céramique, qui n'en sont pas un effectivement à l'origine, mais qui peuvent le devenir. L'art théâtral ne se manifeste que par la poésie et grâce à elle. Quand je dis que le théâtre est poétique, je veux dire qu'il n'y a théâtre que là où il y a du poétique. Et il y a du poétique chez Feydeau, Labiche, Schisgal ou Ionesco. Par poétique, je n'entends pas forcément et exclusivement lyrisme ou langage poétique, mais analogie universelle et correspondance. Pour traquer l'inconnu, le dramaturge, comme le poète, se doit de ruser avec lui, a recours à l'analogie et à la métaphore. Il détourne les mots de leur usage courant, il leur fait dire autre chose que ce qu'ils disent d'habitude. Par le moyen du langage, qu'il soit volontairement plat ou anodin, ou au contraire luxuriant, il nous fait « découvrir l'insolite sous le familier et déceler l'inexplicable derrière le quotidien ». Le théâtre a été, est et sera poétique. Le théâtre qui n'a pas été, n'est pas et ne sera pas poétique n'a pas été, n'est pas et ne sera jamais du théâtre.

Le théâtre n'est ni ceci, ni cela, il est ceci et cela. Le théâtre est à l'image de la vie : un perpétuel devenir. Ainsi le romantisme est né d'une exaspération du classicisme, le réalisme d'une exaspération du romantisme et l'expressionnisme d'un rejet du réalisme et du naturalisme. De même, un théâtre majoritaire serait moribond sans un théâtre minoritaire et un théâtre minoritaire sans un théâtre majoritaire, un révolutionnaire n'ayant rien contre quoi se révolter, un révolutionnaire sans révolution.

Dans les années 50 est né à Paris un théâtre qui ne se voulait ni majoritaire, ni minoritaire et semblait ne se rattacher à rien de préexistant. On l'a désigné par le terme fourre-tout de théâtre de l'absurde. Même s'il ne se voulait ni pour ni contre, mais ailleurs, même s'il refusait le terme « avant-garde » qui suppose des « voltigeurs audacieux caracolant en tête du gros de l'armée bourgeoise », il était malgré tout et objectivement, une réponse par l'absurde à une vision manichéenne d'un monde globalement expliqué.

Que sera le théâtre ? Où va le théâtre ? Je n'ai jamais eu le goût du manifeste, de la prophétie ou de la prédiction. Encore une fois, le théâtre est à l'image de la vie, et la vie, si elle n'est pas ailleurs, elle n'est jamais là où nous l'attendons. La vraie vie, c'est celle qui nous surprend toujours et nous étonne. Mais à défaut de prédiction, j'éprouve un sentiment d'espoir et de confiance. Il ne faut pas avoir peur pour le théâtre, car lui n'a peur de personne. C'est un art qui peut accueillir tous les autres : la littérature, la peinture, la sculpture, la musique, la danse, le mime, sans prétendre pour autant au théâtre total. Il a même réussi à digérer l'image.

Dans un premier temps, le théâtre a contenu l'effet du cinéma parlant. On disait « le parlant » à l'époque, le nouveau monstre s'étant mis à « parler ». Charles Dullin se demandait si « le théâtre avait encore une correspondance avec le public moderne ». Il en est sorti renforcé parce que libéré, allégé. Il n'avait plus à imiter la vie, le cinéma parlant le faisait mieux que lui.

Dans un deuxième temps, non seulement il a contenu le phénomène de la télévision, mais encore il en est sorti rajeuni et régénéré : l'abrutissement télévisuel a suscité chez un certain public un véritable besoin de ce que seul le théâtre pouvait exprimer, en obligeant presque celui-ci à se radicaliser dans sa spécificité, lui faisant avouer et revendiquer sa théâtralité. Il se présente d'autant plus comme l'alliance du verbe et de la présence vivante dans une cérémonie collective qui transcende notre représentation du monde.

Et dans un troisième temps, voici venir le virtuel qu'il ne faut pas considérer comme un nouveau monstre futuriste qui va déranger nos habitudes, mais au contraire accueillir avec ouverture comme une nouvelle donnée de l'existence. Je pense aussi qu'il faudra bien maîtriser les effets pervers par des règles d'éthique semblables à celles qui protègent l'intégrité physiologique du genre humain. Là aussi, le théâtre est l'ultime recours, un des derniers remparts de la vie contre la machine envahissante. Un des derniers événements non clonables par reproduction mécanique. Je pense même qu'à l'heure du virtuel, le théâtre serait à inventer, s'il n'existait pas déjà et cela depuis que l'homme existe. Il serait à inventer et à réinventer, non par opposition réactionnaire aux moyens mécaniques de communication, mais en tant qu'expression révolutionnaire d'une jeunesse artistique.

Je disais plus haut qu'il fallait faire confiance au théâtre. En effet, j'éprouve un sentiment d'espoir, mais un espoir sous conditions. J'ai bon espoir pour le théâtre si, même de façon minoritaire, il continue d'avoir un effet cathartique et sublimant sur la collectivité, s'il sait, tel le changement, ne pas se laisser fixer, s'il se renouvelle sans cesse, s'il continue à nous poser des questions, sans imposer de réponses, s'il ne se réfugie pas dans l'utopie négative. Je vois plusieurs sortes d'utopies. Il y a celle où l'on s'évade, qui n'est qu'une fuite vers un objectif que l'on a choisi spécialement parce que de toute façon il est hors d'atteinte, donc confortable pour l'esprit, en même temps que valorisant vis-à-vis d'autrui. Il y a aussi la fuite dans ce que j'appellerais l'illisibilité faussement visionnaire et confusionniste qui consiste à maquiller une absence de talent par une agitation brouillonne de l'esprit. Et puis, il y aurait une utopie positive selon moi qui serait une forme de projection de la volonté, une énergie de dépassement, une véritable pulsion de vie, un projet de liberté.

J'ai bon espoir pour le théâtre s'il refuse à la fois la facilité et l'imposture intellectuelles, s'il ne se constitue pas en entreprise spécialisée, installant ses derricks autour de gisements de textes fondamentaux, éternellement sujets à la glose, s'il ne prend pas le public pour un écolier, un otage ou pire un touriste en créant un mouvement soi-disant culturel et artistique qui tient plus de la mode que de la véritable recherche, avec juste ce qu'il faut de scandaleux et de folklorique pour émoustiller la foule et que le public vient visiter comme une curiosité qu'il faut avoir vue pour être dans le coup, s'il continue de refléter nos rêves, nos aspirations, nos illusions, nos combats, nos échecs, nos angoisses et aussi nos mensonges et nos erreurs, et tout ça... pour la joie, pour la peine, pour unir nos solitudes, et aussi, pourquoi pas, pour rire !

J'ai bon espoir pour le théâtre si on le laisse aller vers la vie.

Laurent Terzieff
Paris, février 2001

veritablement
Pour que le comedien soit un (véritable) passeur et non seulement un diseur ou un "bien disant" comme on le dit péjorativement, il faut que le comedien ai envie de nous faire partager, comme on partage un secret, le plaisir rare qu'il a éprouvé en decouvrant le poème, même si cette découverte est ancienne. Cela suppose que le comedien ne peut dire que les poètes qui occupent une place privilégiée dans son esprit.

Il faut qu'il sache nous transmettre son emerveillement, que sa voix et sa diction s'ouvre sur un paysage de mots d'où

s'élève un chant, avec son rythme, ses couleurs, ses silences, que ce paysage soit le lieu ~~même~~ du poème où l'auditeur pourra se promener en toute liberté, choisissant lui-même ses chemins, quitte à les tracer lui même,.... quitte aussi à s'y perdre

h. T.

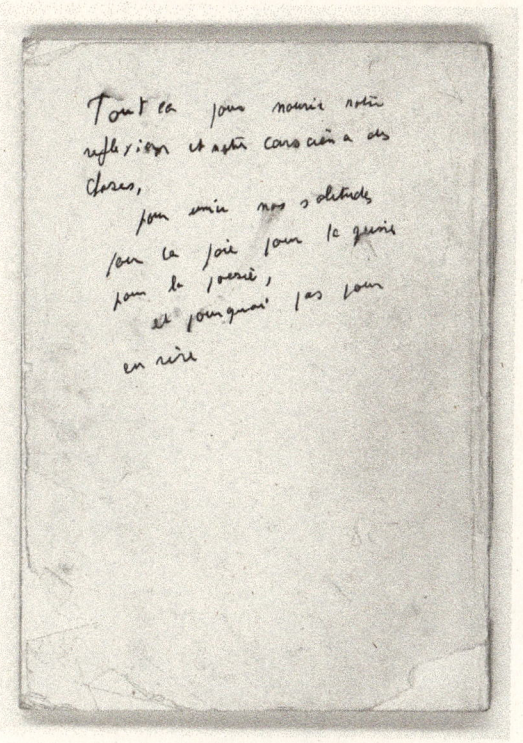

Tout ça pour nourrir notre réflexion
et notre conscience des choses,
pour unir nos solitudes.
Pour la joie, pour la peine, pour la poésie,
et pourquoi pas pour en rire

Table

Préface de Fabrice Luchini	7
Lettre à Laurent Terzieff de Marie-Noëlle Tranchant	11
OUVERTURE	19
Enfin un comédien qui donne à rêver	21
L'honneur de jouer avec Terzieff	25
Laurent Terzieff, de profil…	31
FLORILÈGE	33
Enfance	35
Vacances	43
Romantisme	45
Slave ?	47
Le temps	49
Le temps, encore	51
Absurde	53
Vocation ?	54
Mise en scène	55
Ignorance	59
Méthode	62
Chercheur de textes, explorateur du texte	66
Répétition	69
Justesse	70
Étrange	71
Animal	74
Les Tricheurs	77
Pauvreté	82

Cinéma	83
Compagnie	86
Responsabilité	88
Politique	90
Algérie	93
Mai 68	96
Humaniste	97
Langue française	98
Poésie	99
Roger Blin	102
Oscar Venceslas de Lubicz-Milosz	
Rainer Maria Rilke	105
La solitude, et Pascale	107
Solitudes partagées	109
Anton Tchekhov	110
Mort	111
CARNETS INTIMES, NOTES ET CAHIERS	113
Carnets intimes	117
Notes de lecture et autres	127
Cahiers	134
REGARDS	155
POINT D'ORGUE	163
Un manifeste pour le théâtre.......................	165

Composition réalisée par NORD COMPO

Achevé d'imprimer en juin 2012, en France par
CPI Bussière à Saint-Amand-Montrond (Cher)
N° d'imprimeur : 121544/4.
Dépôt légal 1re publication : juin 2011.
Édition 03 – juin 2012
LIBRAIRIE GÉNÉRALE FRANÇAISE – 31, rue de Fleurus – 75278 Paris Cedex 06

31/5975/3